ALERTA VERMELHO

ALERTA VERMELHO

Diários de um Robô-assassino

MARTHA WELLS

TRADUÇÃO
Laura Pohl

Aleph

Alerta vermelho

TÍTULO ORIGINAL:
All Systems Red

COPIDESQUE:
Diana Passy

REVISÃO:
Emanoelle Veloso
Ana Bittencourt

PROJETO GRÁFICO:
Caíque Gomes

CAPA:
Pedro Fracchetta

ILUSTRAÇÃO:
Pedro Henrique Ferreira (Lambuja)

DADOS INTERNACIONAIS DE CATALOGAÇÃO NA PUBLICAÇÃO (CIP)
DE ACORDO COM ISBD

W453a Wells, Martha
Alerta vermelho / Martha Wells ; traduzido por Laura Pohl. - São Paulo, SP : Editora Aleph, 2024.
216 p. ; 14cm x 21cm. – (Diários de um Robô-assassino ; v.1)

Tradução de: All Systems Red
ISBN: 978-85-7657-632-7

1. Literatura americana. 2. Ficção. 3. Ficção científica. 4. Tecnologia.
5. Humor. 6. Espaço. I. Pohl, Laura. II. Título. III. Série.

2024-316 CDD 833
CDU 821.112.2-3

ELABORADO POR VAGNER RODOLFO DA SILVA - CRB-8/9410

ÍNDICES PARA CATÁLOGO SISTEMÁTICO:
1. Literatura americana : Ficção 833
2. Literatura americana : Ficção 821.112.2-3

Rua Bento Freitas, 306 - Conj. 71 - São Paulo/SP
CEP 01220-000 • TEL 11 3743-3202
www.editoraaleph.com.br

@editora_aleph

ALERTA VERMELHO

1

EU PODERIA TER ME TORNADO um assassino em massa depois de hackear meu módulo regulador, mas então percebi que conseguia acessar o feed com todos os canais de entretenimento transmitidos pelos satélites da empresa. Já haviam se passado mais de 35 mil horas desde então, ou algo próximo disso, sem muitos assassinatos. Em compensação, meu consumo de filmes, séries, livros, peças de teatro e música somava, provavelmente, um pouco menos de 35 mil horas. Como uma impiedosa máquina de matar, eu era um fracasso completo.

Além disso, eu ainda estava fazendo meu trabalho. Estava cumprindo um novo contrato, e torcendo para que o dr. Volescu e a dra. Bharadwaj terminassem sua pesquisa logo para que voltássemos para a habitação e eu pudesse assistir ao episódio 397 de *Ascensão e queda do Santuário Lunar*.

Confesso que estava distraído. O trabalho atual era entediante, e eu estava pensando em minimizar o canal de acompanhamento de status e tentar acessar música no feed de entretenimento sem que o SysCentral registrasse a atividade extra. Era mais difícil fazer isso em campo do que dentro da habitação.

A zona que estava sob análise era um pedaço deserto de uma ilha litorânea, com dunas baixas e achatadas, além de uma grama espessa preta-esverdeada que subia até os calcanhares, sem nenhuma grande atração de flora ou fauna, exceto por um monte de coisas parecidas com pássaros de tamanhos diferentes, e uns trecos flutuantes que eram inofensivos, pelo que sabíamos. A costa era pontilhada por enormes crateras vazias, e Bharadwaj e Volescu coletavam amostras em uma delas. O planeta tinha um anel, que na nossa posição atual dominava o horizonte quando se olhava para o mar. Eu estava observando o céu e torcendo por alguma atualização no feed quando o fundo da cratera explodiu.

Não me dei ao trabalho de enviar um aviso verbal de emergência. Mandei o feed da minha câmera de campo para a dra. Mensah e pulei dentro da cratera. Enquanto eu deslizava pela encosta arenosa, Mensah já gritava no canal de comunicação de emergência, pedindo para alguém levantar voo no ortóptero imediatamente. Estavam a uns dez quilômetros de distância, trabalhando em outra parte da ilha, então não tinha nenhuma chance de chegarem aqui a tempo de ajudar.

Ordens conflitantes encheram meu feed, mas não prestei atenção. Mesmo se eu não tivesse zoado meu próprio módulo regulador, o canal de emergência teria prioridade, e ele mesmo estava completamente caótico, considerando que o SysCentral automatizado pedia dados e tentava me enviar dados dos quais eu não precisava, e Mensah me mandava a telemetria do ortóptero. Que eu também não precisava. Mas era mais fácil ignorar aquilo do que o SysCentral exigindo respostas e tentando providenciá-las ao mesmo tempo.

Em meio a tudo isso, cheguei ao fundo da cratera. Tenho pequenas armas de energia acopladas a cada um dos braços, mas escolhi usar a arma grande de projéteis que fica em minhas costas. O agressor que acabara de explodir do chão tinha uma boca bem grande, então senti que eu precisava de uma arma bem grande.

Arrastei Bharadwaj para fora da bocarra do agressor e me enfiei lá dentro, disparando a arma pela garganta do bicho, e então para cima, onde eu torcia para que o cérebro estivesse. Não tenho certeza se tudo aconteceu nessa ordem; eu precisaria repassar o vídeo da minha própria câmera. Eu só sabia que Bharadwaj estava comigo e não com a criatura, que prontamente desapareceu de volta pelo túnel.

Bharadwaj estava inconsciente e sangrando por conta das feridas gigantescas na perna e na lateral direita do corpo. Encaixei a arma de volta na armadura para poder levantá-la com os dois braços. Eu tinha perdido a armadura do braço esquerdo e uma boa parte da carne que ficava embaixo dela, mas minhas partes não orgânicas ainda estavam funcionando. Outra série de ordens do módulo regulador apareceu e eu minimizei tudo sem decodificar nada. Bharadwaj, que não tinha nenhuma parte não orgânica e não era tão facilmente consertada quanto eu, definitivamente era a prioridade nesse cenário, e meu foco estava no que o SysMed estava tentando me dizer no canal de emergência. Porém, primeiro eu precisava tirar Bharadwaj da cratera.

Durante todo esse tempo, Volescu estava escondido entre as pedras reviradas, completamente surtado — não que essa atitude fosse incompreensível. Nessa situação, eu era muito menos vulnerável do que ele e mesmo assim não estava exatamente me divertindo.

— Dr. Volescu, você precisa vir comigo imediatamente — disse, com calma.

Ele não respondeu. O SysMed estava me aconselhando a injetar um tranquilizante nele e blá-blá-blá, mas eu estava usando um braço para estancar o ferimento da dra. Bharadwaj, e o outro estava apoiando a cabeça dela, e, apesar de tudo que sou, ainda tenho apenas duas mãos. Informei ao meu capacete que era hora de se retrair, para que o dr. Volescu pudesse ver meu rosto humano. Se o agressor voltasse e me mordesse, esse teria sido um erro crasso, porque eu de fato precisava das partes orgânicas da minha cabeça. Eu modulei a voz para que ficasse firme, calorosa e gentil:

— Dr. Volescu, vai dar tudo certo, ok? Mas você precisa se levantar e vir me ajudar a tirar a dra. Bharadwaj daqui.

Funcionou. Ele ficou em pé e cambaleou até onde eu estava, ainda tremendo. Virei meu lado bom para ele.

— Segure meu braço, ok? Segure firme.

Ele conseguiu passar o braço pelo meu cotovelo e eu comecei a subir pela cratera arrastando-o comigo, segurando Bharadwaj contra o peito. A respiração dela estava irregular e ofegante, e o traje não enviava mais nenhuma informação. O meu estava rasgado no peito, então subi minha temperatura corporal, torcendo para que isso ajudasse Bharadwaj. O feed estava calmo agora. Mensah provavelmente usara seus comandos como líder para silenciar qualquer coisa que não fosse o SysMed e o ortóptero, e tudo que eu conseguia ouvir no canal do transporte era uns mandando os outros calarem a boca simultaneamente.

As paredes da cratera não eram muito firmes, feitas de areia fina e pedras soltas, mas minhas pernas não tinham sido danificadas e consegui subir ao topo com os dois humanos ainda vivos. Volescu tentou se largar no chão e eu o convenci a ficar longe da beirada por alguns metros, só caso o que estivesse lá embaixo possuísse um alcance maior do que o estimado.

Eu não queria colocar Bharadwaj no chão porque alguma coisa no meu abdome sofrera um dano severo, e eu não tinha certeza de que conseguiria erguê-la outra vez. Voltei a filmagem da minha câmera e vi que tinha sido perfurado por um dente, ou talvez um ciliado. Era ciliado mesmo a palavra certa ou alguma outra coisa? Eles não fornecem módulos educativos decentes para os robôs-assassinos, só módulos sobre assassinato, e até esses são uma versão bem chinfrim. Eu estava procurando a definição que queria no programa de linguagem do SysCentral quando o ortóptero menor pousou ali perto. Voltei a selar o capacete e escurecer o visor enquanto ele pousava na grama.

Tínhamos dois ortópteros padronizados: um maior para emergências e esse menor para levar as pessoas até as zonas de análise. Ele tinha três compartimentos: um grande no meio para a equipe humana e dois menores para carga, suprimentos e eu. Mensah estava no controle. Comecei a andar, mais devagar do que normalmente teria feito, porque não queria perder Volescu no caminho. Quando a rampa começou a descer, Pin-Lee e Arada pularam para fora e eu troquei para o canal de voz para dizer:

— Dra. Mensah, não posso soltar o traje dela.

Ela precisou só de um segundo para compreender o que eu queria dizer e então respondeu, às pressas:

— Tudo bem, traga ela para a cabine da equipe.

Os robôs-assassinos não tinham permissão para viajar na cabine com os humanos, então eu precisava de permissão verbal para entrar. Considerando meu módulo regulador hackeado, nada me impediria, mas era meio importante não deixar que ninguém soubesse que eu era livre, especialmente as pessoas que mandavam no meu contrato. Tipo, importante para que não destruíssem meus componentes orgânicos e vendessem as peças restantes como sucata.

Subi levando Bharadwaj pela rampa até a cabine, onde Overse e Ratthi estavam desmontando assentos freneticamente para abrir espaço. Tinham tirado os capacetes e estavam com o capuz do uniforme abaixado, então pude ver suas expressões horrorizadas quando perceberam o que restou da parte superior do meu corpo embaixo do traje rasgado. Ainda bem que eu tinha selado meu capacete.

Era por isso que eu gostava de viajar na cabine da mercadoria. Robôs-assassinos compartilharem uma proximidade com humanos ou humanos modificados era muito constrangedor. Pelo menos para este robô-assassino que vos fala. Eu me sentei no chão com Bharadwaj no colo enquanto Pin-Lee e Arada arrastavam Volescu para dentro.

Deixamos duas mochilas de equipamento de campo e alguns instrumentos para trás, largados na grama onde Bharadwaj e Volescu estavam trabalhando antes de descer até a cratera para coletar amostras. Normalmente eu teria ajudado a carregar o peso, mas o SysMed, que monitorava Bharadwaj com o que restava de seu traje, deixou muito claro que soltá-la seria má ideia. Porém, ninguém mencionou o equipamento. Deixar itens facilmente substituíveis para trás em uma emergência parecia algo óbvio, mas eu já fora enviado em serviços em que os clientes teriam me dito para deixar de lado o humano sangrando e ir lá pegar as coisas.

Já nesse serviço, o dr. Ratthi deu um pulo e disse:

— Eu vou pegar o equipamento!

— Não! — gritei, o que supostamente não devo fazer. Teoricamente, sempre devo falar de forma respeitosa com os clientes, mesmo quando estão prestes a acidentalmente cometer suicídio. O SysCentral poderia registrar isso e me dar uma punição através do módulo regulador. Se não tivesse sido hackeado.

Felizmente, os outros humanos também gritaram “Não” ao mesmo tempo, e Pin-Lee acrescentou:

— Puta que pariu, Ratthi!

— Ah, não dá tempo, é claro. Desculpem! — respondeu Ratthi, e então rapidamente digitou a sequência para selar a escotilha.

Por causa disso, não perdemos nossa rampa quando o agressor apareceu embaixo dela mastigando todo o chão, a boca cheia de dentes ou ciliados, ou seja lá qual for a denominação correta. As câmeras do ortóptero tinham um ótimo ângulo do ataque, que o sistema prestativamente enviou para o feed de todo mundo. Os humanos gritaram.

Mensah nos levou ao ar com uma guinada tão rápida que quase caí para trás, e todo mundo que ainda não estava no chão acabou lá.

Depois, enquanto ofegavam aliviados, Pin-Lee rompeu o silêncio e falou:

— Ratthi, se você acabar se matando...

— Você vai ficar muito brava comigo, eu já sei. — Ratthi deslizou um pouco mais para baixo pela parede e acenou dispensando a preocupação.

— Isso é uma ordem, Ratthi. Não se mate — avisou Mensah do assento do piloto. Ela parecia calma, mas eu tenho prioridade de segurança e conseguia ver através do SysMed que seu coração estava disparado.

Arada pegou o kit de emergência médica para que pudessem estancar o sangramento e tentar estabilizar Bharadwaj. Tentei ao máximo ser uma ferramenta útil, estancando as feridas onde me mandavam, usando minha temperatura corporal defeituosa para mantê-la aquecida e mantendo a cabeça baixa para não vê-los me encarando.

CONFIABILIDADE DE ATUAÇÃO EM 60% E DIMINUINDO

Nossa habitação é de um modelo padrão, com sete domos interconectados que ficam em um campo relativamente plano no topo de um vale com um rio estreito, com nossos sistemas de energia e reciclagem conectados ao lado. Tínhamos um sistema de regulação do ambiente, mas nenhuma trava de ar, já que era possível respirar na atmosfera do planeta — apesar de não ser particularmente uma boa ideia a longo prazo para humanos. Não sei o motivo, porque é o tipo de coisa com a qual eu não sou contratualmente obrigado a me importar.

Escolhemos essa localização porque fica bem no centro da zona de análise, e apesar de algumas árvores pontuarem a planície — cada uma tinha uns quinze metros e um tronco muito estreito, com uma única camada de folhas no topo —, então seria difícil algo se aproximar usando-as como cobertura. É claro que ninguém considerou que algo poderia se aproximar através de um túnel.

Temos portas de segurança na habitação por proteção, mas o SysCentral me informou que a porta principal já estava aberta quando o ortóptero pousou. O dr. Gurathin tinha preparado uma maca e a trouxe até onde estávamos. Overse e Arada tinham conseguido estabilizar o estado de saúde de Bharadwaj, então pude deitá-la na maca e seguir com os outros para a habitação.

Os humanos foram para a Clínica e eu parei para enviar comandos ao ortóptero menor (trancar e selar), e então travei as portas externas. Usando o feed de segurança, avisei aos drones para aumentarem o perímetro para que eu fosse avisado mais cedo caso alguma coisa grande viesse atrás de nós. Também criei um monitoramento de abalos sísmicos para me alertar em caso de anomalias, caso a coisa grande decidisse cavar um túnel até nós.

Depois de garantir a segurança da habitação, voltei para o que chamávamos de sala de preparos de segurança, que era onde ficavam guardadas as armas, munição, alarmes de perímetros, drones e todos os outros suprimentos de segurança, incluindo eu mesmo. Tirei o que restava da armadura e, seguindo o conselho do SysMed, espirrei selante de feridas na lateral do corpo. Eu não estava pingando sangue, porque minhas veias e artérias cauterizam imediatamente, mas não era agradável olhar a ferida. E doía, ainda que o selante tenha deixado a área entorpecida. Eu já tinha programado uma interdição de segurança de oito horas através do SysCentral, para que ninguém pudesse sair sem mim, e então me registrei como fora de serviço. Verifiquei o feed principal, mas ninguém parecia ter objeção quanto a isso.

Eu estava congelando porque meus controles de temperatura tinham parado de funcionar, e a pele de proteção embaixo da armadura estava dilacerada. Ainda contava com algumas peças reservas, mas colocar uma agora não seria prático ou fácil. A única outra roupa que eu tinha era um uniforme que eu ainda não usara, e não achei que conseguiria vestir. (Não precisara do uniforme porque não tinha feito nenhuma patrulha dentro da habitação. Ninguém me pediu para fazer isso, já que a equipe era formada por apenas oito pessoas e eram todos amigos, então seria um desperdício imenso de recursos — no caso, um desperdício imenso do meu tempo.) Vasculhei a mala de suprimentos com uma mão só até encontrar um kit médico humano extra que tenho permissão de usar em caso de emergências e o abri para pegar a manta isotérmica. Eu me embrulhei nela, e então subi no cubículo de plástico que era minha cama. Selei a porta e uma luz branca se acendeu.

Ali dentro não era muito mais quente, mas pelo menos era aconchegante. Eu me conectei ao cabo de suprimentos e reparos, depois encostei na parede, tremendo. SysMed prestativamente me informou que a minha confiabilidade de atuação agora estava em 58% e continuava a diminuir, o que era de se esperar. Tinha certeza de que conseguiria reparar meus danos em oito horas, provavelmente recuperar a maior parte dos meus componentes orgânicos, mas duvidava que conseguiria também fazer qualquer análise nesse meio tempo. Então configurei todos os canais de segurança para me alertarem caso alguma coisa tentasse devorar a habitação e comecei a puxar todo o estoque de mídias que eu baixara do canal de entretenimento. Estava com muita dor para prestar atenção em qualquer coisa com uma narrativa, mas o barulho me faria companhia.

Então, alguém bateu na porta do meu cubículo.

Encarei a porta e esqueci todos os meus comandos previamente padronizados pelo sistema.

— Hum, pois não? — perguntei, igual a um imbecil.

A dra. Mensah abriu a porta e me encarou. Eu não sou bom em adivinhar a idade de humanos, mesmo com todo o entretenimento em vídeo que assisto. As pessoas não se parecem muito com pessoas de verdade nas séries, ao menos não nas séries boas. Ela tinha pele marrom-escura e cabelos castanho-claros, cortados curtos, e imagino que não era jovem ou não estaria no comando da missão.

— Você está bem? Vi seu relatório — disse ela.

— Hum.

Foi nessa altura que eu percebi que não deveria ter respondido, e sim fingido que estava hibernando. Puxei a manta acima do peito, torcendo para que ela não tivesse visto os pedaços faltando. Sem a armadura segurando as peças no lugar, tudo parecia bem pior.

— Estou bem.

Enfim, eu não sei agir de uma forma natural com humanos. Não é paranoia por ter hackeado meu módulo regulador e não é um problema dos humanos. É um problema meu. Sei que sou um robô-assassino aterrorizante, e eles também sabem disso, e isso faz com que todo mundo fique nervoso, o que me deixa mais nervoso ainda. Além do mais, se eu não estou usando armadura, é porque estou ferido e uma das minhas partes orgânicas pode simplesmente cair no chão a qualquer instante, e ninguém quer ver uma coisa dessas.

— Bem? — Ela franziu o cenho. — O relatório disse que você perdeu 20% da sua massa corporal.

— Vai crescer de volta — respondi.

Eu sei que, para um humano, provavelmente parece que estou morrendo. Minhas feridas eram o equivalente de um humano perder um braço e talvez uma perna, além de um bom volume de sangue.

— Eu sei, mas ainda assim. — Ela me encarou por um longo instante, tão longo que resolvi acessar o canal de segurança do refeitório, onde os membros do grupo que não foram feridos estavam sentados à mesa conversando. Estavam discutindo a possibilidade de encontrarem mais fauna subterrânea e desejando ter acesso a substâncias intoxicantes. Isso pareceu bastante normal. Ela continuou:

— Você foi muito cuidadoso com o dr. Volescu. Acho que os outros não tinham percebido... Eles ficaram muito impressionados.

— Faz parte das instruções médicas emergenciais. Acalmar as vítimas.

Puxei mais a manta para que ela não tivesse a visão de algo horrível. Senti que alguma coisa lá embaixo estava vazando.

— Eu sei, mas o SysMed estava priorizando Bharadwaj e não verificou os sinais vitais de Volescu. Não analisou o choque que a situação causou e esperava que ele saísse dali por conta própria — disse ela.

No meu feed, ficou claro que os outros tinham analisado o vídeo da câmera corporal de

Volescu. Estavam dizendo coisas do tipo "eu nem sabia que aquela coisa tinha rosto". Eu usei minha armadura desde que chegáramos e nunca tirava o capacete quando estava perto deles. Não havia um motivo para isso. A única parte de mim que teriam visto era minha cabeça, que é a de um humano padrão genérico. Mas eles não queriam falar comigo e eu definitivamente não queria falar com eles. No trabalho, isso causaria distrações, e nas horas de folga... eu não queria falar com ninguém. Mensah tinha me visto quando assinou o contrato de aluguel, mas ela mal olhara para mim e eu mal olhara para ela, porque, só reforçando: robô-assassino + humano normal = constrangedor. Ficar de armadura o tempo todo ajuda a reduzir interações desnecessárias.

— É parte do meu trabalho não escutar os feeds do sistema quando... cometem erros — respondi.

É por isso que construtos como eu são necessários, somos Unidades de Segurança com componentes orgânicos, mas ela já sabe disso. Antes de aceitar que eu fosse entregue, ela tinha registrado dez reclamações, tentando evitar minha presença. Eu não a culpava por isso. Eu também não ia me querer.

Sério, eu nem sei por que eu só não falei *de nada* ou *por favor saia do meu cubículo para eu ficar sentado aqui vazando em paz.*

— Tudo bem — disse ela, e me encarou pelo que eu objetivamente sabia que eram 2.4 segundos, e subjetivamente pareceram vinte excruciantes minutos. — Nos vemos daqui a oito horas. Se precisar de alguma coisa antes disso, por favor, me envie um alerta no canal.

Ela deu um passo para trás e deixou a porta se fechar.

Aquilo me fez ficar pensando no motivo de estarem todos maravilhados, então puxei a gravação do incidente para checar. Ok, uau. Eu tinha ficado falando com Volescu o tempo todo enquanto subíamos a cratera. Na maior parte do tempo eu estava preocupado com a trajetória do ortóptero, em impedir que Bharadwaj tivesse uma hemorragia e com o que poderia sair daquela cratera para uma segunda tentativa; basicamente, eu nem estava prestando atenção no que eu estava falando. Eu tinha perguntado se ele tinha filhos. Que loucura. Talvez eu estivesse assistindo mídias demais. (Ele tinha sete filhos. De um casamento com três parceiros, que tinham ficado cuidando das crianças.)

Todos os meus níveis de alerta agora estavam elevados demais para um período de descanso, então decidi aproveitar e usar esse tempo para olhar as outras gravações. Foi aí que encontrei uma coisa esquisita. Notei uma ordem de "abortar" no SysCentral, no canal de comando, aquele que controlava — ou *achava* que controlava — meu módulo regulador. Devia ser algum bug. Não importa, porque quando o SysMed assume prioridade...

CONFIABILIDADE DE ATUAÇÃO EM 39% E DIMINUINDO, HIBERNAÇÃO INICIADA PARA SEQUÊNCIA DE REPAROS DE EMERGÊNCIA.

2

QUANDO ACORDEI, EU ESTAVA QUASE inteiro, e chegando a 80% de confiabilidade. Verifiquei todos os canais imediatamente, para o caso de os humanos quererem sair, mas Mensah prorrogara a interdição de segurança da habitação por mais quatro horas. Isso era um alívio, já que me daria tempo para chegar na faixa dos 98%. Porém, também havia uma notificação dizendo que eu deveria me reportar a ela, o que nunca acontecera antes. Talvez ela só quisesse avaliar o pacote de informações de riscos e descobrir o motivo de não ter nos avisado sobre uma força hostil subterrânea. Eu mesmo estava me perguntando o motivo por trás disso.

O grupo desse contrato se chamava PreservaçãoAux e comprara uma licença para explorar os recursos desse planeta, e o objetivo da viagem era avaliar se valia a pena dar um lance no lote completo. Saber se existem coisas no planeta que vão comê-los enquanto estão tentando fazer sabe-se-lá-o-quê era meio importante.

Não me importo muito com quem são meus clientes ou com o que estão tentando fazer. Eu sabia que esse grupo vinha de um planeta de domínio, mas não tinha me dado ao trabalho de procurar detalhes específicos. Planetas de domínio eram planetas que passaram por terraformação e haviam sido colonizados, mas não eram afiliados a nenhuma confederação corporativista. Basicamente, *domínio* significa *uma zona*, então eu não estava esperando muita coisa, mas era surpreendentemente fácil trabalhar para eles.

Limpei os fluidos excedentes da minha pele nova e saí do cubículo. Foi aí que percebi que não tinha guardado os pedaços da armadura e eles estavam esparramados pelo chão, cobertos com meus fluidos e o sangue de Bharadwaj. Não foi à toa que Mensah decidiu dar uma olhada no cubículo; ela provavelmente achou que eu tinha morrido lá dentro. Coloquei tudo de volta nos encaixes designados para manutenção.

Eu tinha uma armadura extra, mas ainda estava guardada no estoque e precisaria de mais tempo para tirá-la de lá, fazer o diagnóstico e os ajustes adequados. Hesitei, olhando para o uniforme, mas o feed de segurança já devia ter notificado Mensah de que eu estava acordado, então eu precisava sair logo dali.

A roupa seguia o padrão de uniformes de pesquisa e tinha sido elaborada para ser confortável dentro da habitação: calças cinza de lã, uma camiseta de manga comprida e uma jaqueta, como as roupas de exercício que humanos e humanos modificados usavam, além de sapatos macios. Eu me vesti, puxando as mangas para cobrir os buracos de armamento nos antebraços, e segui para a habitação.

Passei por duas portas de segurança interna até chegar à área da tripulação, e os encontrei no salão principal agrupados ao redor de um console, olhando para um dos displays que pairava no ar. Estavam todos presentes exceto Bharadwaj, que ainda estava na Clínica, e Volescu, que estava fazendo companhia para ela. Canecas e embalagens de refeição vazias estavam espalhadas nos consoles. Eu é que não ia limpar aquilo a não ser que me dessem uma ordem direta.

Mensah estava ocupada, então fiquei em pé ali e esperei.

Ratthi olhou para mim, e então pulou em um sobressalto. Eu não fazia ideia de como reagir. É por isso que prefiro usar a armadura, mesmo dentro da habitação onde é desnecessário e inconveniente. Os clientes humanos no geral preferem fingir que eu sou uma máquina, e é mais fácil fazer isso se estou de armadura. Deixei meus olhos ficarem desfocados e fingi que estava fazendo um diagnóstico ou coisa do tipo.

Claramente aturdido, Ratthi perguntou:

— Quem é esse?

Todos se viraram para me encarar. Todo mundo menos Mensah, que estava sentada na frente do console, a interface pressionada contra a testa. Ficou claro que, mesmo depois de verem meu rosto no vídeo da câmera de Volescu, ainda não me reconheciam sem a armadura. Então precisei olhar para eles.

— Sou a sua UniSeg — disse.

Todos pareceram espantados e desconfortáveis. Quase tão desconfortáveis quanto eu estava me sentindo. Eu devia ter parado e pegado a armadura extra do estoque.

Parte do problema era que eles não me queriam ali. Não ali na sala deles, mas ali no planeta. Um dos motivos pelos quais a empresa seguradora exige uma Unidade de Segurança, além de aumentar o valor da conta, é que eu estou gravando todas as suas conversas o tempo todo, apesar de não estar monitorando nada além do necessário para fazer meu trabalho de um jeito aceitável. Porém, a empresa teria acesso a todos esses registros e dados e venderia qualquer coisa que conseguisse. Não, eles não contam isso para as pessoas. Sim, todo mundo sabe que acontece. Não, não tem nada que você possa fazer a respeito.

Depois do que pareceu meia hora mas foram apenas 3,4 segundos, a dra. Mensah se virou, me viu e abaixou a interface.

— Estávamos verificando o relatório de riscos da região, tentando descobrir por que aquela coisa não estava listada como fauna perigosa — disse ela. — Pin-Lee acha que os dados foram alterados. Pode examinar isso para nós?

— Sim, dra. Mensah.

Eu poderia ter feito isso do meu cubículo e poupado todo mundo desse constrangimento, mas enfim. Abri o feed que ela estava observando no SysCentral e comecei a verificar o relatório.

Era basicamente uma lista imensa de todas as informações relevantes e avisos pertinentes ao planeta, especificamente a área onde nossa habitação ficava, com uma ênfase no clima, terreno, flora, fauna, qualidade de ar, depósitos minerais, riscos possíveis em relação a todas essas questões, conectando-se a sub-relatórios com informações mais detalhadas. O dr. Gurathin, o mais quieto do grupo, era um humano modificado e tinha sua própria interface implantada. Eu conseguia senti-lo repassando os dados enquanto os outros, usando a interface de toque, pareciam apenas sombras distantes. Mas eu ainda tinha bem mais poder no meu processador do que ele.

Achei que eles estavam sendo paranoicos; mesmo com a interface, você ainda assim tem que *ler* as palavras, preferencialmente todas elas. Às vezes os humanos não modificados não se dão ao trabalho. Às vezes nem os humanos modificados fazem isso.

No entanto, enquanto eu verificava a seção de avisos gerais, notei que tinha alguma coisa estranha na formatação. Uma comparação rápida com as outras partes do relatório me disse que, sim, algo tinha sido removido, o link para um sub-relatório estava quebrado.

— Você está certa — disse, distraído, enquanto repassava pelos dados à procura da informação que faltava.

Não consegui encontrar nada; não era apenas um link corrompido, alguém de fato tinha deletado o sub-relatório. Supostamente era impossível fazer isso com esse tipo de pacote de análise planetária, mas talvez não fosse tão impossível assim.

— Alguma coisa foi deletada dos avisos e da seção de fauna — informei.

Essa informação foi recebida com uma reação bem irritada. Pin-Lee e Overse fizeram reclamações em voz alta e Ratthi jogou as mãos para o alto de forma dramática. Porém, como eu disse, todos eram amigos e bem menos contidos uns com os outros do que em minhas últimas obrigações contratuais. Era por isso que, se eu fosse forçado a admitir, na verdade estava gostando desse contrato até o momento em que algo tentara nos comer.

O SysCentral registra tudo, até o interior das cabines de dormir, e eu vejo tudo. É por isso que é mais fácil fingir que sou uma máquina. Overse e Arada eram um casal, mas pela forma como agiam, sempre tinham sido um, e eram melhores amigas de Ratthi. Ratthi tinha uma paixonite não correspondida por Pin-Lee, mas não agia de forma estúpida por causa disso. Pin-Lee estava sempre exasperada e jogava coisas para o alto quando os outros não estavam por perto, mas não era por causa de Ratthi. Eu achava que estar sendo vigiada pela empresa a afetava mais do que os outros. Volescu admirava tanto Mensah que chegava a estar quase apaixonado por ela. Pin-Lee também, mas ela e Bharadwaj flertavam ocasionalmente de uma forma confortável e amigável que sugeria que isso acontecia há muito tempo. Gurathin era o único solitário, mas parecia que ele gostava de ficar perto dos outros. Ele tinha um sorriso pequeno e discreto, e todos pareciam gostar dele.

Era um grupo que gerava pouco estresse, não discutiam muito nem se antagonizavam por diversão, e no geral era tranquilo ficar perto deles, desde que não tentassem falar ou interagir comigo sob nenhuma circunstância.

— Então a gente não tem como saber se aquela criatura era uma aberração ou se tem uma delas morando no fundo de cada uma daquelas crateras? — perguntou Ratthi, o rosto frustrado.

— Sabe, aposto que moram, sim — disse Arada, que era uma das especialistas em biologia. — Se aquelas espécies aviárias grandonas que vimos nas varreduras pousam nas ilhas de barreira frequentemente, podem estar se alimentando delas.

— Explicaria por que as crateras estão ali — respondeu Mensah, pensativa. — Seria uma anomalia descartada, ao menos.

— Mas quem foi que deletou o sub-relatório? — perguntou Pin-Lee, o que eu concordava ser a questão mais importante. Ela se virou para mim com um daqueles movimentos abruptos que eu me treinara para não revidar. — É possível hackear o SysCentral?

Por fora, eu não fazia ideia. Só que era bem fácil de fazer por dentro, com as interfaces integradas do meu próprio corpo. Eu havia hackeado o sistema assim que ele fora acionado quando montamos a habitação. Eu precisei fazer isso; se o SysCentral monitorasse meu módulo regulador e meu canal como deveria fazer, levantaria muitas perguntas constrangedoras e levaria ao meu desmonte para ser vendido como sucata.

— Que eu saiba, é possível. Mas é mais provável que o relatório tenha sido danificado antes de vocês receberem o pacote informativo — respondi.

Confie em mim nessa: a empresa é a maior pão-dura.

Uma série de grunhidos e reclamações gerais ecoou sobre ter que pagar preços altos por equipamentos de merda (eu não levei para o lado pessoal).

— Gurathin, talvez você e Pin-Lee consigam descobrir o que aconteceu — disse Mensah.

A maioria dos meus clientes só conhece a própria especialidade, e não existe necessidade de enviar um especialista em sistemas em uma viagem de pesquisa. A empresa providencia todos os sistemas e acessórios (equipamento médico, drones, eu etc.) e faz a manutenção como parte do pacote completo que os clientes compram. Porém, Pin-Lee parecia ser uma habilidosa amadora na interpretação de sistemas, e Gurathin tinha a vantagem da sua interface interna.

— Enquanto isso, será que o Grupo DeltFall tem o mesmo pacote informativo que a gente?

Verifiquei. O SysCentral achou que era provável, mas agora sabíamos de quanto valia a opinião dele.

— Provavelmente — falei.

DeltFall era outro grupo de pesquisa, como o nosso, mas estava em um continente do outro lado do planeta. Eram uma operação bem maior e tinham sido trazidos por uma nave diferente, então os humanos não tinham se conhecido pessoalmente, mas se falavam pelo canal de comunicações de vez em quando. Eles não faziam parte do meu contrato e tinham suas próprias UniSegs, o padrão: uma Unidade para cada dez clientes. Supostamente, conseguiríamos nos comunicar em caso de emergência, mas estar a meio planeta de distância naturalmente dificultava isso.

Mensah se reclinou na cadeira, juntando os dedos.

— Tudo bem, vamos fazer o seguinte. Quero que cada um de vocês verifique a seção do pacote informativo correspondente à sua especialidade. Tentem descobrir se tem mais alguma informação faltando. Quando tivermos uma lista parcial, ligo para DeltFall e vejo se eles conseguem nos enviar os arquivos deles.

Aquilo parecia um ótimo plano. Ainda mais porque não me envolvia.

— Dra. Mensah, você precisa de mim para mais alguma coisa? — perguntei.

Ela se virou na cadeira para me encarar.

— Não. Eu mando uma mensagem se tiver mais perguntas.

Eu já trabalhara em alguns contratos que teriam me deixado parado ali dia e noite, só caso alguém precisasse de alguma coisa e não quisesse se dar ao trabalho de me chamar pelo feed.

Então ela acrescentou:

— Sabe, você pode ficar aqui na área da tripulação, se quiser. Você gostaria disso?

Todos olharam para mim, e a maioria estava sorrindo. Uma desvantagem de usar a armadura é que estou acostumado a deixar o visor do capacete opaco. Não estou tão acostumado a controlar minhas expressões faciais. Naquele momento, tenho certeza que meu rosto exibiu algo entre pavor estarrecido, ou talvez um pavor indignado.

Mensah se endireitou na cadeira, surpresa.

— Ou não, sabe, o que você preferir — emendou ela, às pressas.

— Eu preciso verificar o perímetro — falei, e consegui me virar e deixar a área da tripulação de uma forma completamente normal, e não como se eu estivesse fugindo de um bando de forças hostis gigantes.

De volta à segurança da minha sala de preparos, reclinei a cabeça contra a parede revestida de plástico. Agora eles sabiam que o robô-assassino não queria ficar perto deles mais do que eles queriam ficar perto de mim. Eu tinha deixado uma pequena parte de mim à mostra.

Isso não podia acontecer. Tenho coisas demais a esconder, e deixar uma parte à mostra significa que o resto não está tão bem protegido.

Eu me afastei da parede e decidi trabalhar de verdade. O sub-relatório faltante me fez ficar mais cauteloso. Não que houvesse algum direcionamento quanto a isso. Meus módulos de educação eram um lixo; a maior parte das coisas úteis que eu sabia sobre segurança aprendi com os programas educativos no canal de entretenimento. (Essa é outra razão por requererem que esses grupos de pesquisa e empresas de mineração, biologia e tecnologia aluguem um de nós ou o contrato do seguro não tem validade; nós somos produzidos de forma barata e somos uma merda. Ninguém contrataria um de nós para propósitos que não sejam matança, a não ser que fossem obrigados.)

Assim que vesti a película epidérmica e a armadura extra, caminhei pelo perímetro da habitação e comparei os dados das leituras atuais do terreno e das varreduras sísmicas com as que fizemos assim que chegamos. Havia algumas notas no canal de Ratthi e Arada, sobre como a fauna que estávamos chamando de Hostil Um poderia ser responsável por todas as crateras na zona de análise. Porém, nada tinha mudado ali perto da habitação.

Eu também verifiquei o ortóptero menor e o maior para garantir que tinham todos os suprimentos de emergência. Eu mesmo os tinha colocado ali dias atrás, mas estava na verdade averiguando se algum dos humanos não tinha feito alguma idiotice com os suprimentos desde a última vez em que verifiquei.

Fiz tudo que consegui pensar em fazer, e então finalmente me deixei ficar em modo de hibernação enquanto atualizava os seriados. Já tinha assistido três episódios de *Santuário Lunar* e estava pulando uma cena de sexo quando a dra. Mensah enviou algumas imagens pelo feed. (Não tenho nenhuma parte relativa a gênero ou sexo — se um construto tem uma dessas, é um robô-sexy em um bordel, e não um robô-assassino — então talvez seja por isso que acho cenas de sexo chatas. Apesar de que, mesmo se tivesse as partes relativas a sexo, provavelmente continuaria achando tudo chato.) Aproveitei para olhar as imagens enviadas na mensagem de Mensah e marquei onde tinha parado na série.

Hora da confissão: na real, não sei onde estamos. Nós temos, ou supostamente temos, um mapa de satélite completo no pacote informativo. Foi assim que os humanos decidiram onde fariam suas avaliações. Eu ainda não tinha olhado os mapas e mal tinha olhado o pacote. Em minha defesa, estamos aqui há 22 dias planetários, e tudo que eu precisei fazer foi ficar parado observando humanos fazerem varreduras ou coletar amostras de solo, pedras, água e folhas. A sensação de perigo era simplesmente inexistente. E também, como você já pode ter notado, simplesmente não me importo.

Então era novidade para mim que havia seis pedaços faltando no nosso mapa. Pin-Lee e Gurathin encontraram as discrepâncias e Mensah queria saber se eu achava que era só o pacote informativo sendo uma porcaria barata e cheia de erros, ou se isso era parte de uma omissão proposital. Eu apreciava o fato de que estávamos nos comunicando pelo feed e que ela não estava me obrigando a falar de verdade com ela pelo canal de comunicação. Fiquei tão grato que dei minha opinião sincera, de que provavelmente era o fato de que o nosso pacote informativo era uma merda, mas que a única forma de saber com certeza era ir até lá olhar um dos setores que faltavam do mapa e ver se existia alguma coisa além de um planeta entediante. Não falei exatamente com essas palavras, mas, em resumo, foi o que disse.

Ela saiu do feed, mas continuei alerta, porque sabia que ela costumava tomar decisões rapidamente, e, se eu começasse a ver série outra vez, precisaria interromper logo depois. Mas conferi a câmera de segurança da sala principal para poder ouvir o que estavam conversando. Todos queriam ir lá olhar, e só estavam debatendo se deveriam esperar mais. Eles tinham acabado de se comunicar com a equipe DeltFall no outro continente, que concordara em mandar os pedaços faltantes do pacote informativo. Alguns dos clientes queriam ver se havia alguma outra coisa faltando primeiro, outros queriam ir agora, blá-blá-blá.

Eu sabia no que isso daria.

Não era uma viagem longa, e não era muito distante das outras zonas de análise por onde já tínhamos passado, mas não saber o que iriam encontrar lá definitivamente era um risco de segurança. Em um mundo inteligente, eu deveria ir sozinho. Mas, de acordo com o módulo regulador, precisava estar a cem metros de ao menos um dos clientes o tempo todo, ou ele iria me fritar. Os clientes sabiam disso, então me voluntariar para fazer uma viagem sozinho pelo continente provavelmente geraria alguma desconfiança.

Então quando Mensah abriu o feed outra vez para me avisar que eles estavam indo, disse a ela que os protocolos de segurança sugeriam que eu os acompanhasse.

3

NÓS NOS PREPARAMOS PARA SAIR no começo do ciclo diário, sob a luz da manhã, e o relatório do satélite climático dizia que seria um bom dia para voar e fazer varreduras. Verifiquei o SysMed e vi que Bharadwaj estava acordada e conseguia falar.

Foi só quando estava ajudando a carregar o equipamento para o ortóptero menor que percebi que iam me fazer ficar na cabine da tripulação.

Ao menos estava vestindo armadura, e o capacete estava opaco. Mas Mensah me disse para ficar no assento do copiloto, e no fim não foi tão horrível quanto achei que seria. Arada e Pin-Lee não tentaram falar comigo, e Ratthi desviou o olhar quando passei por ele para me sentar na cabine.

Estavam todos tomando tanto cuidado para não olhar para mim ou falar comigo diretamente que, assim que levantamos voo, rapidamente repassei os registros do SysCentral de suas conversas. Tinha me convencido de que não tinha reagido tão mal quanto pensava no momento em que Mensah disse que eu podia ficar na sala com os humanos, como se eu fosse uma pessoa de verdade ou algo do tipo.

A conversa que tiveram logo depois me deixou com uma sensação terrível enquanto a analisava. Não, foi bem pior do que imaginei. Eles conversaram sobre o assunto e concordaram em "não me forçar para fora da minha zona de conforto" e todos foram tão gentis que era simplesmente excruciante assistir. Eu nunca mais ia tirar o capacete. Não era capaz de fazer uma versão nem minimamente passável desse trabalho idiota se precisasse falar com humanos.

Esses eram os meus primeiros clientes sem nenhuma experiência prévia com UniSegs, então eu talvez devesse ter esperado uma coisa do tipo se eu tivesse me dado ao trabalho de pensar no assunto. Permitir que me vissem sem a armadura foi um erro crasso.

Ao menos Mensah e Arada tinham prevalecido sobre aqueles que queriam conversar comigo sobre o assunto. Isso mesmo, vamos falar com o robô-assassino sobre seus sentimentos. Aquela ideia era tão horripilante que eu imediatamente senti minha eficiência diminuir para 97%. Preferia voltar para a boca do Hostil Um.

Fiquei pensando enquanto eles olhavam para o anel planetário pelas janelas, ou observavam o feed com as análises do ortóptero sobre o novo cenário, conversando pelo canal com os outros que tinham ficado na habitação e estavam acompanhando nosso progresso. Eu estava distraído, mas ainda assim notei o instante em que o piloto automático foi desligado.

Teria sido um problemão se não fosse pelo fato de que eu estava sentado no assento do copiloto e poderia ter assumido a nave a tempo. Mesmo se não estivesse ali, as coisas teriam dado certo, porque Mensah estava pilotando e ela nunca tirava a mão dos controles.

O sistema de piloto automático de naves planetárias não era tão sofisticado quanto um sistema completamente robotizado, mas ainda assim alguns clientes o acionavam e então se afastavam, ou iam dormir. Mensah não fazia isso, e ela se certificava de que quando os outros pilotavam, também seguiam suas regras. Ela só emitiu um ruído rabugento pensativo e ajustou o percurso da nave para longe da montanha em que o piloto automático defeituoso teria nos feito bater.

Tendo superado o pavor de que queriam falar comigo sobre meus sentimentos, agora estava grato pelo fato de que ela os ordenara a não fazer isso. Enquanto ela reiniciava o piloto automático, puxei o canal de registros e mandei para o feed, para mostrar a ela que tinha sido desligado devido a uma falha no SysCentral. Ela praguejou baixinho e balançou a cabeça.

A seção do mapa que estava faltando não ficava muito longe da nossa zona de análise, então chegamos muito antes de eu conseguir tirar o atraso das séries que salvei na minha memória interna.

— Estamos nos aproximando agora — avisou Mensah aos outros.

Estávamos sobrevoando uma floresta tropical densa, de onde fluíam diversos vales profundos.

De repente, a floresta sumiu e virou uma planície pontilhada por lagos e pequenos bosques. Havia muitas pedras, colinas baixas e rochas reviradas. Era tudo escuro e de aparência vítrea, como vidro vulcânico.

A cabine ficou em silêncio enquanto todos examinavam a análise. Arada estava olhando para os dados sísmicos, enviando-os para os outros na habitação através do feed.

— Eu não vejo nada que impediria o satélite de mapear essa região — comentou Pin-Lee, a voz distante enquanto repassava os dados que o ortóptero extraía. — Nenhuma leitura estranha. Que esquisito.

— A não ser que a pedra tenha algum tipo de propriedade de ocultação que previne os satélites de fazerem imagens... O escaneamento está meio esquisito — disse Arada.

— Porque os sensores da empresa são uma bela bosta — murmurou Pin-Lee.

— Devemos pousar? — perguntou Mensah.

Percebi que ela estava perguntando para mim, em busca de uma análise de segurança.

Os sensores até que estavam funcionando, e marcavam alguns pontos de atenção, mas não eram muito diferentes dos riscos que tínhamos encontrado antes.

— Nós podemos, mas sabemos que existe pelo menos uma forma de vida que consegue cavar através de rochas — respondi.

Arada se contorceu no assento, como se estivesse impaciente para continuar.

— Sei que a gente precisa ter cautela, mas acho que seria mais seguro se soubéssemos se esses buracos do satélite foram acidentais ou se foram feitos de propósito.

Foi então que percebi que eles não estavam ignorando a possibilidade de sabotagem. Eu deveria ter reparado mais cedo, quando Pin-Lee perguntou se o SysCentral poderia ser hackeado. Porém, os humanos estavam olhando para mim e eu só queria sair dali o mais rápido possível.

Ratthi e Pin-Lee corroboraram a opinião, e Mensah tomou a decisão.

— Vamos pousar e pegar amostras.

Através do canal de comunicação da habitação, a voz de Bharadwaj soou:

— Por favor, tomem cuidado. — Ela ainda parecia amedrontada.

Mensah pousou a nave gentilmente, os apoios mal fizeram barulho ao encostar no chão. Eu já estava em pé e na porta da escotilha.

Os humanos já estavam com seus capacetes, então abri a escotilha e abaixei a rampa. De perto, os pedaços rochosos ainda pareciam vidro, na maior parte pretos, com algumas cores diferentes misturadas nas camadas. Perto do chão, os sensores do ortóptero conseguiram confirmar que a atividade sísmica era nula, mas dei alguns passos, como se desse chance para alguma coisa me atacar. Se os humanos observam enquanto estou de fato fazendo meu trabalho, ajuda a diminuir as chances de criarem suspeitas quanto a módulos reguladores defeituosos.

Mensah desceu com Arada atrás dela. As duas andaram, fazendo mais leituras com seus sensores portáteis. Então, os outros pegaram os kits de amostragem e começaram a lascar pedaços da rocha vítrea, ou vidro rochoso, e pegaram porções de terra e plantas. Estavam murmurando muito entre si, e também conversando com os que tinham ficado na habitação. Enviavam vários dados para o feed, mas eu não estava prestando atenção.

Era um lugar estranho. Era silencioso se comparado aos outros lugares que analisamos, sem barulho algum das espécies aviárias e nenhum sinal de movimentação de animais. Talvez os pedaços rochosos mantivessem as formas orgânicas longe. Eu me afastei um pouco, passando por alguns dos lagos, quase esperando ver alguma coisa embaixo da superfície. Cadáveres, talvez. Já tinha visto muitos deles (e sido a causa por trás de outros tantos) em contratos passados, mas esse contrato estava isento de cadáveres até agora. Era uma mudança agradável.

Mensah estabeleceu um perímetro de análise, marcando todas as áreas que os sensores aéreos haviam demarcado como perigosas ou potencialmente perigosas. Eu verifiquei todos mais uma vez e vi que Arada e Ratthi estavam indo diretamente para um daqueles marcadores. Esperava que parassem no perímetro, já que eram consistentemente cuidadosos em suas avaliações. Comecei a ir naquela direção mesmo assim. Então eles passaram do perímetro. Passei a correr. Enviei a visualização da minha câmera de campo para Mensah e usei o canal de voz para dizer:

— Dra. Arada, dr. Ratthi, por favor, parem. Já passaram do perímetro e estão se aproximando de um marcador de perigo.

— Estamos? — Ratthi soava completamente embasbacado.

Felizmente, os dois pararam de andar. Quando cheguei, os dois tinham jogado seus mapas no meu feed.

— Não entendi o que deu errado. Não estou vendo marcador de perigo — falou Arada, confusa.

Ela marcou a posição dos dois e, no mapa, estavam dentro da zona de perímetro, seguindo na direção de uma área pantanosa.

Precisei de um segundo para ver qual era o problema. Então, sobrepus meu mapa com o deles, o mapa de verdade, e mandei para Mensah.

— Merda — disse ela no canal de comunicação. — Ratthi, Arada, o mapa de vocês está errado. Como isso aconteceu?

— É um bug — comentou Ratthi. Ele fez uma careta, examinando a tela do feed. — Apagou todos os marcadores desse lado.

Então foi assim que passei o resto da manhã: pastoreando humanos para longe dos marcadores de perigo que não conseguiam ver, enquanto

Pin-Lee xingava sem parar e tentava fazer o sensor do mapa funcionar.

— Estou começando a achar que essas seções faltantes são só um erro de mapeamento — disse Ratthi a certa altura, arfando. Ele tinha caído em algo que chamaram de poço de lama quente, e eu precisei tirá-lo de lá. Nós dois estávamos cobertos de lama ácida até a cintura.

— Acha, é? — respondeu Pin-Lee, cansada.

Quando Mensah nos mandou voltar para o ortóptero, o alívio foi geral.

Voltamos para a habitação sem encontrar problemas, o que começava a parecer um acontecimento incomum. Os humanos foram analisar seus dados, e eu fui me esconder na sala de preparos. Verifiquei os canais de segurança e depois me deitei no meu cubículo para assistir séries por um tempo.

Tinha acabado de fazer mais uma caminhada verificando o perímetro e os drones quando o feed me informou que o SysCentral tinha atualizações do satélite e havia um pacote de dados para mim. Eu tenho um truque em que faço o SysCentral achar que recebi o pacote, e então só deixo tudo na memória externa. Não faço mais atualizações automáticas agora que não sou obrigado. Quando estivesse a fim, provavelmente um pouco antes de ser hora de ir embora do planeta, analisaria a atualização e aplicaria as partes que me interessavam e deletaria o resto.

Resumindo: foi um dia típico e chato. Se Bharadwaj ainda não estivesse se recuperando na Clínica, quase dava para esquecer o que tinha acontecido. Porém, ao fim do ciclo do dia, a dra. Mensah me ligou de novo.

— Acho que temos um problema. Não conseguimos entrar em contato com DeltFall.

Fui até a sala da tripulação onde Mensah e os outros estavam reunidos. Eles haviam aberto os mapas e varreduras de onde estávamos e comparado à localização de DeltFall, a curva do planeta pairando brilhante no display maior. Quando cheguei, Mensah estava no meio de uma frase.

— ... verifiquei todos os atributos do ortóptero grande e conseguimos ir até lá e voltar sem precisar recarregar.

Tinha deixado o visor do capacete opaco, então podia fazer caretas sem eles saberem.

— Você não acha que vão nos deixar recarregar na habitação deles? — perguntou Arada, e então olhou ao redor enquanto os outros a encaravam. — Que foi?

Overse passou um braço ao redor dela e apertou seu ombro.

— Se não estão respondendo nossas ligações, podem estar machucados ou a habitação danificada — respondeu ela.

Como um casal, as duas sempre eram muito gentis uma com a outra. O grupo inteiro até agora era surpreendentemente livre de dramas, o que eu apreciava. Nos últimos contratos em que trabalhei, me senti como um espectador involuntário de uma daquelas séries de relacionamentos de múltiplos parceiros do canal de entretenimento, exceto pelo fato de que odiava todo mundo do elenco.

Mensah assentiu.

— Essa é minha preocupação, especialmente se o pacote de pesquisa deles também estava com informações de possíveis perigos faltando, como o nosso.

Arada parecia ter acabado de sacar que todo mundo lá em DeltFall poderia estar morto.

— O que me preocupa é que o sinalizador de emergência deles não foi acionado — disse Ratthi. — Se a habitação foi invadida, ou se tiveram alguma emergência médica com que não conseguiram lidar, o SysCentral deles deveria ter acionado o sinalizador automaticamente.

Cada equipe de pesquisa tem seu próprio sinalizador, configurado a uma distância segura da habitação. Ele se lançaria em órbita baixa e enviaria um pulso na direção do buraco de minhoca, que então seria receptado, ou seja lá o que acontece dentro de um buraco de minhoca, e depois a rede da empresa receberia o sinal. Nesse caso, o transporte que viria nos buscar seria enviado imediatamente em vez de esperar até a data final do projeto. Enfim, era assim que as coisas deveriam funcionar. Normalmente.

A expressão de Mensah dizia que ela estava preocupada. Ela olhou para mim.

— O que você acha?

Precisei de dois segundos para perceber que ela estava falando comigo. Felizmente, já que parecia que estávamos mesmo prestes a executar esse plano, estava prestando atenção novamente e não precisei voltar a gravação da conversa.

— Eles têm três UniSegs em contrato, mas se a habitação foi atingida por alguma coisa tão grande quanto ou maior que o Hostil Um, o equipamento de comunicação pode ter sido danificado — respondi.

Pin-Lee estava examinando os atributos dos sinalizadores.

— Não é para os sinalizadores de emergência serem acionados mesmo se o resto do equipamento de comunicação for destruído?

Outra coisa boa do meu módulo regulador hackeado é que eu podia ignorar as instruções de defender a porcaria da empresa.

— Supostamente sim, mas falhas no equipamento não são incomuns.

Fez-se um momento de silêncio onde todos pensaram sobre falhas em potencial no equipamento dessa habitação, talvez incluindo o ortóptero maior que estavam prestes a usar para voar para longe do veículo menor, então se alguma coisa acontecesse com ele, precisariam andar de volta. E nadar de volta, considerando que um corpo d'água do tamanho de um oceano ficava entre os dois pontos do mapa. Ou podiam se afogar. Acho que eles poderiam só se afogar. Se você estava se perguntando o motivo de eu estar fazendo caretas antes, esse é o motivo.

A viagem até o pedaço apagado do mapa estivera um pouco além dos nossos parâmetros de avaliação, mas essa seria uma viagem que duraria um ciclo noturno inteiro, mesmo que só fossem chegar lá, ver um monte de gente morta, dar meia-volta e retornar para cá.

— E os seus sistemas? — perguntou Gurathin.

Eu não virei meu capacete na direção dele porque isso pode ser um gesto intimidante, e é especialmente importante para minha existência resistir a esse impulso.

— Monitoro meus próprios sistemas cuidadosamente — respondi.

O que mais ele achou que eu ia dizer? Não importa. Eu não posso ser reembolsado.

Volescu pigarreou.

— Então deveríamos nos preparar para uma missão de resgate. — Ele parecia bem, mas o canal do SysMed estava indicando alguns picos de ansiedade. Bharadwaj ainda não tinha permissão para sair da Clínica, apesar de estável. Ele continuou:

— Peguei algumas instruções do pacote informativo do ortóptero.

Isso mesmo, instruções. Eles são todos acadêmicos, analistas e pesquisadores. Não eram os heróis de ação dos seriados de exploração que eu gostava porque eram irreais, e não deprimentes e sórdidos como a realidade.

— Dra. Mensah, sinto que deveria ir junto — falei.

Eu vira comentários dela no feed, então sabia que ela queria que eu ficasse ali, cuidando da habitação e protegendo todo mundo que não fosse na viagem. Ela ia levar Pin-Lee, porque ela tinha experiência com habitações e construções de abrigos; Ratthi, que era biólogo; e Overse, que tinha formação em primeiros socorros.

Mensah hesitou, pensando no assunto, e dava para ver que ela estava refletindo o que era melhor: proteger a habitação e o grupo que ficaria para trás, ou a possibilidade do que atacara DeltFall ainda estar por perto. Ela respirou fundo e eu sabia que me diria para ficar ali. E só pensei: *essa é uma má ideia.* Eu nem conseguia explicar o motivo para mim mesmo. Era um daqueles impulsos que vêm das minhas partes orgânicas, e que o módulo regulador supostamente deveria controlar.

— Como o único aqui com experiência nessas situações, sou seu melhor recurso — falei.

— Que tipo de situação? — perguntou Gurathin.

Ratthi lançou a ele um olhar perplexo.

— Essa situação — disse ele. — O desconhecido. Ameaças estranhas. Monstros que surgem da terra.

Fiquei feliz de não ser o único a achar aquela pergunta burra. Gurathin não era de falar tanto quanto os outros, então não tinha muita noção de sua personalidade. Era o único humano modificado do grupo, então talvez se sentisse como um forasteiro ou algo do tipo, mesmo quando os outros claramente gostavam dele.

— Situações em que a equipe pode se machucar devido a perigos locais — esclareci.

Arada me apoiou.

— Concordo. Acho melhor vocês levarem a UniSeg. Vocês não sabem o que vão encontrar lá.

Mensah ainda estava indecisa.

— Dependendo do que encontrarmos, talvez fiquemos fora dois ou três dias.

Arada abanou a mão, indicando a habitação.

— Até agora nada nos incomodou por aqui.

Isso era provavelmente o que DeltFall pensara, logo antes de serem devorados ou esmigalhados em pedacinhos ou sei lá. Porém, Volescu disse:

— Confesso que isso me deixaria mais aliviado.

Lá da Clínica, Bharadwaj se conectou ao canal e acrescentou um voto a meu favor. Gurathin foi o único que não disse nada entre as pessoas que ficariam para trás.

Mensah assentiu com a cabeça, firme.

— Certo, então, está decidido. Vamos logo.

Assim, preparei o ortóptero grande para ir para o outro lado do planeta. (E sim, precisei ler as instruções.) Verifiquei o máximo de coisas que conseguia, me lembrando de como o piloto automático parara de funcionar de repente no ortóptero menor. Porém, não havíamos usado o ortóptero grande desde que Mensah o testara quando chegamos. (Era preciso verificar tudo e registrar qualquer problema imediatamente quando chegassem, ou a empresa não se responsabilizaria por qualquer falha que fosse encontrada depois.) No entanto, tudo parecia certo, ou ao menos correspondia ao que as especificações diziam. Estava lá só para emergências, e se essa coisa com a DeltFall não tivesse acontecido, provavelmente não teríamos tocado no veículo até ser hora de levantar voo para encontrar nosso transporte de volta.

Mensah veio fazer as próprias verificações do ortóptero, e me disse para levar suprimentos de emergência adicionais para a equipe de DeltFall. Segui o pedido e torci, pelo bem dos humanos, para precisarmos deles. Pensei que provavelmente os únicos suprimentos que precisaríamos ao encontrar DeltFall seriam do tipo póstumo, mas você deve ter notado que, quando me dou ao trabalho de me importar, sou um pessimista.

Quando tudo estava pronto, Overse, Ratthi e Pin-Lee subiram a bordo, e fiquei parado, esperançoso, ao lado do compartimento de carga. Mensah apontou para a cabine. Fiz uma careta atrás do meu visor opaco e entrei.

4

VOAMOS NOITE ADENTRO, OS HUMANOS fazendo diagnósticos e discutindo o terreno que estava além da nossa zona de análise. Era especialmente interessante para eles ver o que estava ali agora que sabíamos que nosso mapa não era lá muito confiável.

Mensah distribuiu turnos a todos, incluindo eu. Aquilo era novo, mas não desagradável, já que isso significava que tinha blocos de tempo onde não precisava prestar atenção e não precisava fingir. Mensah, Pin-Lee e Overse revezavam como piloto e copiloto, então não precisei me preocupar tanto com as chances do piloto automático tentar nos matar, e pude ficar em modo de hibernação assistindo meu estoque de séries.

Estávamos no ar há um tempo, e Mensah pilotava com Pin-Lee ao seu lado, quando Ratthi se virou na cadeira para me encarar.

— Ouvimos dizer... nos informaram que as Unidades Robóticas Imitativas Humanas são... parcialmente construídas de material clonado.

Cauteloso, parei a série que estava assistindo. Não estava gostando do rumo dessa conversa. Essas informações estão na base de dados de conhecimento comum, além do catálogo que a empresa providenciava com as especificações de cada unidade disponível. Ele já devia saber disso, sendo um cientista ou algo assim. E ele não era o tipo de humano que fazia perguntas quando poderia consultar primeiro em seu canal.

— É verdade — respondi, tomando o cuidado de deixar minha voz neutra.

A expressão de Ratthi parecia aflita.

— Mas certamente... está claro que você tem sentimentos...

Eu me encolhi. Não consegui evitar.

Overse estava trabalhando com o feed, analisando os dados das amostras. Ela ergueu o olhar, franzindo o cenho.

— Ratthi, o que você está fazendo?

Ratthi se ajeitou, parecendo culpado.

— Sei que Mensah falou para não fazermos isso, mas... — Ele gesticulou a mão. — Você viu.

Overse baixou a interface do sistema.

— Você está deixando o robô chateado — disse ela, cerrando os dentes.

— Mas essa é a questão! — rebateu, gesticulando de forma frustrada. — Essa prática é nojenta, é horrível, é escravização. Isso não é uma máquina mais do que Gurathin...

— E você acha que ele não sabe disso? — disse Overse, exasperada.

Supostamente, é para eu deixar os clientes fazerem e falarem o que quiserem, e com um módulo regulador intacto, eu não teria outra escolha. Também não deveria dedurar clientes para ninguém exceto para a empresa, mas era isso ou abrir a escotilha e pular. Mandei a conversa pelo feed e marquei para que Mensah visse.

Da cabine, ela gritou:

— Ratthi! Já conversamos sobre isso!

Eu saí do assento e fui para os fundos do ortóptero, o mais longe que poderia ficar, encarando os armários de suprimentos. Isso foi um erro; não era uma coisa que uma UniSeg normal com um módulo regulador intacto faria, mas eles não notaram.

— Vou pedir desculpas — disse Ratthi.

— Não, só deixe ele em paz — reclamou Mensah.

— Você só pioraria as coisas — acrescentou Overse.

Fiquei parado ali até todos se acalmarem e ficarem em silêncio de novo. Então voltei para o assento nos fundos e continuei a assistir minha série.

Quando senti o feed apagar, estávamos no meio da noite.

Não estava consultando nada, mas estava com os canais do SysSeg vindo dos drones e das câmeras interiores de pano de fundo, e os acessava ocasionalmente para me certificar de que tudo estava bem. Os humanos que deixamos para trás na habitação estavam mais ativos do que o normal nesse horário, provavelmente ansiosos com o que encontraríamos em DeltFall. Estava ouvindo Arada andar de vez em quando, apesar de Volescu estar roncando em sua cama. Bharadwaj havia conseguido voltar para seus aposentos, mas estava ansiosa e repassava suas anotações no canal. Gurathin estava na habitação fazendo algo em seu sistema pessoal. Eu me perguntei o que ele estava fazendo, e estava começando a cuidadosamente dar uma xeretada no SysCentral para tentar descobrir. Quando o feed apagou, foi como se alguém tivesse dado um tapa na parte orgânica do meu cérebro.

Eu me sentei abruptamente.

— O satélite está fora do ar — disse.

Os outros todos correram para pegar suas interfaces, exceto por Pin-Lee, que estava pilotando. Vi suas expressões quando ficaram em silêncio. Mensah se ergueu do assento e veio até os fundos.

— Tem certeza que é o satélite?

— Certeza. Estou tentando contato, mas não tenho retorno nenhum — informei.

Ainda tínhamos nosso feed local funcionando através do sistema do ortóptero, então poderíamos nos comunicar por ele e compartilhar dados uns com os outros. Só não tínhamos o mesmo tanto de dados que teríamos se ainda estivéssemos conectados ao SysCentral. Estávamos longe o bastante para precisarmos do satélite de comunicações para fazer essa triangulação. Ratthi mudou a interface para o feed do ortóptero e começou a verificar as varreduras. Não havia nada ali a não ser um céu vazio; eu estava com tudo minimizado, mas tinha deixado um alerta para receber uma notificação se encontrasse algo como uma leitura de energia ou sinal de vida relevante.

— Acabei de sentir um calafrio — disse ele. — Mais alguém sentiu um calafrio?

— Um pouquinho — admitiu Overse. — É uma coincidência meio estranha, não é?

— A porcaria do satélite sai do ar periodicamente desde que chegamos aqui — argumentou Pin-Lee da cabine. — Só não dependemos dele para a comunicação, normalmente.

Ela estava certa. Era minha função acessar os registros pessoais rotineiramente para checar caso alguém estivesse tramando uma fraude contra a empresa ou um assassinato ou algo do tipo, e da última vez que eu olhara o registro de Pin-Lee, vi que ela estivera monitorando os problemas de satélite e tentando descobrir se havia um padrão. Era uma das muitas coisas com a qual não me importava, porque o canal de entretenimento só era atualizado esporadicamente, e eu deixava tudo salvo na memória local.

Ratthi balançou a cabeça.

— Mas essa é a primeira vez que estamos longe o bastante da habitação para precisarmos dele para nos comunicar. Só parece estranho, e não de um jeito bom.

Mensah olhou para eles.

— Alguém quer voltar?

Eu queria, mas meu voto não contava. Os outros se sentaram por um momento em silêncio.

— Se no fim DeltFall estiver mesmo precisando de ajuda e nós não tivermos ido até lá ajudar, como nos sentiríamos? — perguntou Overse.

— Se existe uma chance de salvarmos a vida de alguém, precisamos aproveitar — concordou Pin-Lee.

Ratthi suspirou.

— Não, vocês estão certas. Eu me sentiria horrível se alguém morresse porque fomos cautelosos demais.

— Então concordamos. Vamos continuar — concluiu Mensah.

Teria preferido que fossem excessivamente cautelosos. Já estive em trabalhos onde os equipamentos da empresa falharam nesse nível, mas alguma coisa ali me fazia pensar que era algo além disso. Mas tudo o que eu tinha era um palpite.

Faltavam quatro horas até meu turno de vigia, então entrei em modo de hibernação, me enterrando nos downloads que tinha guardado para a ocasião.

Já estava amanhecendo quando chegamos. DeltFall estabelecera sua base em um vale amplo rodeado por montanhas altas. Rios cortavam a vegetação de grama e árvores baixas como teias de aranha. Eram uma operação maior que a nossa, com três habitações conectadas e um abrigo para veículos de superfície, além de uma área de pouso para dois ortópteros grandes, um transportador de carga e três ortópteros pequenos. Tudo aquilo era equipamento da empresa, obrigatoriamente, e portanto todos estavam sujeitos ao mesmo funcionamento defeituoso quanto as porcarias que jogaram para nós.

Não havia ninguém do lado de fora e nenhum sinal de movimento. Nenhum sinal de dano ou de que alguma fauna hostil tivesse se aproximado. O satélite ainda estava fora do ar, mas Mensah estava tentando conectar-se a DeltFall pelo canal de comunicação desde que entramos no perímetro adequado.

— Algum veículo está faltando? — perguntou Mensah.

Ratthi verificou o registro do que supostamente eles tinham, que eu copiara do SysCentral antes de partirmos.

— Não, os ortópteros estão todos aí. Os veículos de chão devem estar no abrigo, acho.

Eu me aproximara da frente do veículo conforme chegávamos perto. Parado atrás do assento do piloto, eu disse:

— Dra. Mensah, recomendo que pouse fora do perímetro.

Através do canal particular, mandei todas as informações que eu tinha, que consistiam no fato de que os sistemas automáticos estavam respondendo aos sinais enviados pelo ortóptero, mas nada mais. Não estávamos com acesso ao feed deles, o que significava que o SysCentral estava em modo de hibernação. Não recebia nada das três UniSegs, nem mesmo uma resposta aos chamados.

Overse, no assento de copiloto, ergueu a cabeça.

— Por quê?

Precisava responder à pergunta, então eu disse que era "protocolo de segurança", o que soava bem e não me comprometia com nada definitivo. Ninguém estava lá fora e ninguém respondia ao canal de comunicação. A não ser que tivessem todos entrado nos veículos de superfície e decidido tirar férias, deixando a habitação e UniSegs desligadas, eles estavam mortos. Estivera certo em meu pessimismo.

Porém, não dava para ter certeza sem olhar. Os scanners do ortóptero não conseguiam ver dentro das habitações — devido a barreiras que só estavam lá para proteger os dados da empresa —, então não era possível obter sinais de vida ou leituras de energia.

Era por isso que eu não queria ir até lá. Tenho quatro humanos em perfeitas condições comigo, e eu não queria que eles fossem mortos pela coisa que dizimou DeltFall. Não é como se eu pessoalmente me importasse com eles, mas era algo que ficaria ruim no meu currículo, e meu currículo já era bem horrível.

— Estamos só sendo cautelosos — disse Mensah, respondendo a Overse. Ela pousou o ortóptero na beirada do vale, mais longe dos córregos.

Pelo canal direto, dei algumas dicas para Mensah dizendo que deveriam pegar as pistolas no equipamento de sobrevivência, que Ratthi deveria ficar para trás dentro do ortóptero com a escotilha selada e trancado já que nunca tinha passado por um treino de armamento, e, mais importante de tudo, que eu deveria ir primeiro. O grupo estava todo quieto e resignado. Até agora, acho que estavam todos considerando aquilo como um desastre natural e que iriam acabar escavando os sobreviventes de uma habitação demolida ou ajudando a lutar contra uma horda de Hostis.

Só que isso era outra coisa.

Mensah repassou as ordens e nós começamos a andar, eu na frente, e os humanos alguns passos atrás. Estavam todos usando os trajes completos com capacete, o que oferecia um pouco de proteção, mas eles eram feitos para aguentar riscos ambientais, e não algum outro humano altamente armado (ou uma UniSeg avariada e raivosa) que tentaria matá-los de propósito. Eu estava mais nervoso do que Ratthi, que soava inseguro no canal de comunicação, monitorando as varreduras e basicamente nos dizendo para tomar cuidado a cada dois passos.

Eu tinha minhas armas de energia integradas e segurava uma grande arma de projéteis. Também tinha seis drones, que faziam parte dos suprimentos do ortóptero e eu controlava através do feed do veículo. Eram pequenos, com pouco mais de um centímetro de diâmetro; não tinham armamento e eram só câmeras. (Até fabricam alguns um pouco maiores com uma arma de pulso energético, mas aí é preciso pagar um dos pacotes melhores da empresa que são feitos para contratos bem mais longos.) Mandei os drones subirem e designei um padrão de patrulha.

Fiz tudo isso porque parecia a coisa sensata a fazer, e não porque eu sabia o que estava fazendo. Não sou um robô-assassino de combate, sou apenas o segurança. Impeço coisas de atacarem clientes e tento gentilmente desencorajar clientes de tentarem atacar uns aos outros. Eu estava dando um passo bem maior que a perna, e esse era outro motivo de eu não querer que os humanos viessem para cá.

Atravessamos os córregos rasos, o que fez com que um grupo de invertebrados aquáticos fugisse para longe das nossas botas. As árvores eram baixas e espaçadas o bastante para eu ter uma boa visão do acampamento daquele ângulo. Eu não detectava nenhum drone de segurança de DeltFall, seja com meus olhos ou através dos sensores dos drones. Ratthi também não via nada no sistema do ortóptero. Eu queria muito, muito mesmo, detectar a localização daquelas três UniSegs, mas não recebia nada delas.

Nós UniSegs não somos sentimentais com relação à nossa própria classe. Não somos amigas, da forma como os personagens das séries são, ou da forma como os meus humanos são. Não podemos confiar umas nas outras, mesmo se trabalharmos juntas. Mesmo se você não possui clientes que decidem se divertir mandando que as suas UniSegs lutem entre si.

A varredura dizia que os sensores de perímetro estavam desligados, e os drones não detectaram nenhum indicador de perigo. O SysCentral de DeltFall estava desligado, e sem ele, teoricamente, ninguém lá dentro poderia acessar nosso feed ou canal de comunicação. Atravessamos o perímetro para chegar na área de pouso dos ortópteros. Eles estavam entre nós e a primeira habitação, com o abrigo de veículos ao lado. Eu guiava o grupo em diagonal, tentando ver a porta principal, mas também prestando atenção ao solo. Estava quase sem grama devido a todo o trânsito de pessoas e pousos de ortópteros. De acordo com as informações que recebemos antes de o satélite sair do ar, tinha chovido aqui na noite anterior, e a lama ficara dura. Desde então, nenhuma atividade aparente.

Repassei essa informação para Mensah através do canal e ela informou aos outros.

— Então seja lá o que aconteceu, não foi muito depois que falamos com eles pelo canal — disse Pin-Lee, mantendo a voz baixa.

— Eles não poderiam ter sido atacados por alguém. Não tem mais ninguém aqui no planeta — sussurrou Overse. Não havia motivo para cochichar, mas eu compreendia o impulso.

— Supostamente não é para ter mais ninguém no planeta — respondeu Ratthi, sombrio, usando o canal do ortóptero.

Havia três outras UniSegs no planeta além de mim, e isso já era bem perigoso. Finalmente consegui ver a escotilha principal da habitação e percebi que estava fechada, sem sinal de arrombamento. Os drones agora rondavam a estrutura, me mostrando que as outras entradas estavam do mesmo jeito. Pronto. Fauna Hostil não bate na porta e pede para entrar. Mandei as imagens para o canal de Mensah e disse em voz alta:

— Dra. Mensah, seria melhor se eu fosse na frente.

Ela hesitou, analisando as imagens que eu acabara de mandar. Vi que os ombros dela ficaram tensos. Acho que ela chegara à mesma conclusão que eu. Ou ao menos admitia para si mesma que era a mais provável.

— Está bem. Vamos esperar aqui. Certifique--se de que nós vamos conseguir monitorar tudo — disse ela.

Ela disse "nós", e não teria dito isso se não estivesse falando sério, diferentemente de alguns outros clientes meus. Enviei o feed da minha câmera para os quatro e comecei a caminhar.

Chamei quatro drones de volta, deixando dois para continuarem a patrulha do perímetro. Verifiquei o abrigo de veículos quando passei por ele. Estava aberto de um dos lados, com alguns armários trancados nos fundos. Todos os quatro veículos de superfície estavam lá, sem bateria e sem sinal de rastros recentes, então não entrei. Eu não me daria ao trabalho de procurar nos espaços pequenos de armazenagem até chegarmos na etapa de procurar todos os pedacinhos de cadáveres.

Fui até a escotilha da primeira habitação. Estava preparado para estourar a porta, já que não tínhamos o código de acesso, mas, quando apertei o botão, ela se abriu. Informei a Mensah através do canal que não falaria mais com ela em voz alta.

Ela enviou um ok de volta, e a ouvi dizer aos outros para saírem do meu feed e de meu canal de comunicação, e que ela seria a única a falar comigo para que eu não me distraísse. Mensah subestimava minha habilidade de ignorar seres humanos, mas eu apreciei aquela consideração.

— Tome cuidado — sussurrou Ratthi, e desligou em seguida.

Empunhei a arma ao entrar, atravessando a área de trajes e seguindo para o primeiro corredor.

— Nenhum traje faltando — disse Mensah no meu ouvido, observando a câmera.

Enviei meus quatro drones adiante, atribuindo uma patrulha interior. Era uma habitação mais agradável que a nossa, com salas maiores e mais modernas. Também era silenciosa, vazia, e o fedor de carne apodrecendo atravessou os filtros do meu capacete. Fui andando para o meio da habitação, onde ficaria a sala dos tripulantes.

As luzes ainda estavam acesas e o ar passava pela ventilação, mas eu não conseguiria entrar no SysSeg deles enquanto o feed estivesse desligado. Senti falta das minhas câmeras.

Na porta da sala, encontrei a primeira UniSeg. Estava esparramada de costas no chão, a armadura perfurada na altura do peito por algo que fez um buraco de aproximadamente dez centímetros de diâmetro, e um pouco mais do que isso de profundidade. Somos duras de matar, mas isso resolve a questão. Fiz uma verificação rápida para checar que estava inerte, e então passei por cima dela e entrei na área da tripulação.

Na sala estavam onze humanos mortos de forma caótica, esparramados no chão, nas cadeiras, nas estações de monitoramento, as superfícies de projeção atrás apresentavam danos de impacto de projéteis e armas energéticas. Eu me conectei ao feed e pedi que Mensah voltasse para o ortóptero. Ela reconheceu o pedido e recebi confirmação dos drones que deixei lá fora de que os humanos estavam recuando.

Prossegui pelo corredor oposto, que me levava ao refeitório, à Clínica e às cabines. Os drones me informaram que o desenho era muito parecido com o da nossa habitação, exceto pelo cadáver ocasional largado no corredor. A arma que matara a UniSeg não estava na habitação, e ela tinha morrido com as costas para a porta. Os humanos de DeltFall tinham recebido algum tipo de aviso, o bastante para começarem a seguir para as outras saídas, mas alguma outra coisa veio dessa direção e os encurralou ali. Imaginei que a UniSeg fora morta tentando proteger a habitação.

O que significava que eu estava procurando pelas duas outras UniSegs.

Talvez esses clientes fossem terríveis e abusivos, e talvez merecessem isso. Eu não me importava. Ninguém ia tocar nos meus humanos. Para garantir isso, eu precisava matar essas duas outras Unidades insurgentes. Eu poderia ter ido embora a essa altura, sabotado os ortópteros e tirado meus humanos dali, deixando as Unidades insurgentes encalhadas do outro lado do oceano. Teria sido a coisa inteligente a fazer.

Só que eu queria matá-las.

Um dos meus drones encontrou dois humanos mortos no refeitório, sem aviso. Estavam tirando pacotes de comida do aquecedor, preparando as mesas para uma refeição.

Enquanto eu passava por corredores e salas, fazia uma busca na base de dados de equipamentos do ortóptero. A unidade morta provavelmente fora atingida por uma ferramenta de amostragem mineral, como uma broca sônica ou de pressão. Tínhamos uma no nosso ortóptero. Era parte do equipamento padrão. Precisaria chegar muito perto para que tivesse força o bastante para furar uma armadura, não mais que um metro.

Afinal, não dá para chegar em outro robô-assassino com uma arma de energia ou de projéteis perfurantes dentro de uma habitação sem gerar suspeitas, mas dá para chegar em seu colega robô-assassino com uma ferramenta que um humano pode ter pedido para você buscar.

Quando alcancei o outro lado da estrutura, os drones completaram a varredura da primeira habitação. Parei no início de um corredor estreito que levava à segunda habitação. Uma humana estava do outro lado, metade para fora da escotilha entreaberta. Se quisesse entrar na próxima habitação, precisaria passar por cima dela para empurrar a porta totalmente. Dava para ver que alguma coisa estava errada com aquela posição do corpo. Usei o aumento na câmera para ver mais de perto a pele no braço esticado. A coloração estava errada; ela tinha levado um tiro no peito ou no rosto e ficara deitada de costas por algum tempo, e então fora levada até ali recentemente. Provavelmente assim que perceberam que nosso ortóptero estava a caminho.

No feed, eu disse a Mensah o que precisava que ela fizesse. Ela não questionou. Estava observando minha câmera e sabia com o que estávamos lidando. Ela confirmou recebimento, e então disse em voz alta no comunicador:

— UniSeg, preciso que você fique parada aí até eu chegar.

— Sim, dra. Mensah — respondi, e então me afastei da escotilha. Voltei para a sala de segurança bem rápido.

Era bom ter um humano inteligente o bastante para trabalhar comigo dessa forma.

Habitações maiores, como essas, têm uma saída pelo teto, e meus drones do lado externo tinham uma boa visão desse ponto.

Subi a escada até a escotilha do teto e a abri. As botas da armadura possuem magnetizadores para escalada, e eu as utilizei para atravessar os telhados curvados em direção à terceira habitação, e depois contornei voltando para a segunda, chegando pelos fundos. Nem mesmo essas duas UniSegs insurgentes seriam burras o bastante para ignorar os rangidos se eu tivesse aproveitado a rota mais rápida e ido até a posição delas.

(Elas não eram os robôs-assassinos mais astutos, já que limparam o chão do corredor entre as habitações para cobrir as pegadas que deixaram quando aprumaram o corpo ali. Teriam enganado alguém que não tivesse notado que o chão de todas as outras áreas estava coberto de poeira.)

Abri o acesso no telhado da segunda habitação e enviei os drones na minha frente, na direção da sala de preparos de segurança. Assim que verificaram os cubículos da unidade e se certificaram de que ninguém estava ali, desci a escada. Um monte do equipamento ainda estava ali, incluindo os drones. Havia uma bela caixa de drones novinhos, mas eram inúteis sem o SysCentral de DeltFall. Ou o sistema realmente estava inativo, ou se fingia de morto muito bem. Eu ainda mantive parte da minha atenção nele — se de repente voltasse à vida e reativasse as câmeras de segurança, as regras do jogo mudariam bem rápido.

Mantendo meus drones comigo, utilizei o corredor interno para passar pela escotilha estourada da Clínica em silêncio. Três corpos estavam empilhados lá dentro, onde os humanos tentaram barrar a porta e ficaram encurralados quando suas próprias UniSegs explodiram a porta para assassiná-los.

Quando cheguei perto do corredor com a escotilha onde as duas unidades aguardavam que eu e a dra. Mensah entrássemos inocentemente, enviei os drones para olhar com cuidado. É, estavam bem ali.

Sem nenhuma arma nos drones, a única forma de fazer isso era agir rápido. Então virei o corredor me jogando na parede oposta, ajustei a posição e fui atirando onde elas estavam.

Acertei a primeira com três tiros explosivos nas costas e um no visor quando se virou para me encarar. Ela foi derrubada. A outra peguei de raspão no braço, deslocando a articulação, e ela cometeu o erro de passar sua arma principal para a outra mão, o que me deu alguns segundos. Troquei para fogo rápido para confundi-la, e então mudei de volta para o tiro explosivo. Aquilo a derrubou.

Desabei no chão, precisava de um minuto para me recuperar.

Eu tinha sido atingido por ao menos uma dúzia de disparos das armas de energia enquanto estava tentando derrubar a primeira unidade, mas os tiros explosivos passaram por mim e atingiram o corredor. Mesmo com a armadura, senti pedaços entorpecidos. Três projéteis atingiram meu ombro direito e quatro, o quadril esquerdo. É assim que lutamos: nos atiramos uns em cima dos outros para ver as partes de quem vão quebrar primeiro.

Nenhuma das duas unidades estava morta, mas estavam incapacitadas de chegar aos seus cubículos na sala de preparos, e eu é que não ia dar uma mãozinha para elas.

Três dos meus drones foram derrubados também; tinham entrado em modo combate e entraram na minha frente para atrair os tiros. Um foi atingido por um pulso energético perdido e estava zanzando pelo corredor atrás de mim. Verifiquei os outros dois drones circulando o perímetro, só por costume, e abri o canal de comunicação para avisar a dra. Mensah que ainda precisava checar o resto da habitação e fazer a busca formal por sobreviventes.

O drone atrás de mim se apagou com um estalo que eu ouvi e vi no canal. Acho que percebi imediatamente o que isso significava, mas talvez tenha tido um meio segundo de atraso. Porém, já estava de pé quando algo me acertou com tanta força que fui jogado de novo no chão, com os sistemas em pane.

Eu me reativei, mas estava sem visão, audição e sem a capacidade de me mexer. Não conseguia acessar o feed ou o canal de comunicação. Nada bom, Robô-assassino, nada bom mesmo.

De repente, senti relampejos de sensação, todos vindos das partes orgânicas. Ar no rosto e nos braços, através dos rasgos no traje. Na ferida que ardia no ombro. Alguém tirara meu capacete e o pedaço superior da armadura. Cada vez que apareciam, as sensações duravam apenas segundos. Era confuso, e eu queria gritar. Talvez a morte fosse assim para um robô-assassino. Você perde funções, se desativa, mas partes de você continuam funcionando, pedaços orgânicos que continuam vivos mesmo quando a bateria vai se esgotando.

Então eu soube que alguém estava me movendo, e aí eu realmente quis gritar.

Lutei contra o pânico e recebi mais alguns relampejos de sensação. Eu não estava morto. Eu estava encrencado.

Esperei que alguma das funções voltasse, angustiado, desorientado, aterrorizado, me perguntando por que não tinham aberto um buraco no meu peito. O som voltou primeiro, e eu sabia que alguma coisa se inclinava sobre mim. Barulhos leves de articulações me informaram que era uma UniSeg, mas só havia três delas. Eu verificara as especificações de Delt-Fall antes de partirmos. Às vezes eu faço um trabalho meio malfeito — beleza, na maior parte do tempo —, mas Pin-Lee também olhara e ela era meticulosa.

Naquele instante, minhas partes orgânicas começaram a formigar, o entorpecimento desaparecendo. Fui projetado para funcionar com partes orgânicas e mecânicas, e balancear a recepção sensorial das duas coisas. Sem esse equilíbrio, eu me sentia como um balão flutuando no ar. Porém, a parte orgânica do meu peito estava em contato com uma superfície dura, e isso abruptamente me fez focar na posição em que eu estava. Deitado, com o rosto para baixo, um braço pendurado na lateral. Tinham me colocado em cima de uma mesa...?

Isso definitivamente não era bom.

Senti uma pressão nas costas e depois na cabeça. O resto de mim estava voltando, mas era um processo lento. Tentei acessar o feed, mas não conseguia me conectar. Então, algo perfurou meu pescoço.

Minha nuca é feita de material orgânico e, com o resto do meu corpo desligado, não havia nada que pudesse controlar o receptor do meu sistema nervoso. A sensação era de que estavam serrando minha cabeça para fora do corpo.

Um choque me percorreu, e, de repente, o resto de mim foi reativado. Desloquei a articulação do braço esquerdo para me mexer de uma forma que normalmente não era compatível com humanos, humanos modificados ou um corpo de robô-assassino. Eu estiquei o braço até alcançar o ponto de pressão e dor no meu pescoço, e agarrei um pulso com armadura. Virei meu corpo inteiro e joguei nós dois de cima da mesa.

Atingimos o chão e fechei as pernas ao redor da outra UniSeg enquanto rolávamos. Ela tentou acionar as armas integradas no antebraço, mas minha velocidade de reação estava no auge e fechei uma mão em cima da abertura para que a tampa não fosse levantada. Minha visão estava de volta e eu conseguia ver o capacete opaco a centímetros de distância. Toda minha armadura acima da cintura fora removida, e isso só me deixou com ainda mais raiva.

Enfiei a mão dela embaixo do queixo e tirei a pressão da tampa da arma. Ela teve apenas meio segundo para tentar abortar o comando de disparo, e fracassou. O pulso energético atravessou minha mão e pegou a junção entre o capacete e o pescoço. A cabeça dela foi para trás e o corpo começou a sacudir.

Eu a soltei por tempo o suficiente para me ajoelhar, usar meu braço intacto para apertar seu pescoço, e então torcê-lo.

Larguei quando senti as conexões, tanto mecânicas quanto orgânicas, se partirem.

Levantei o olhar e vi outra UniSeg parada na porta, erguendo uma arma grande de projéteis.

Quantas daquelas porcarias estavam aqui? Não importava, porque eu tentei me endireitar, mas não reagi rápido o bastante. Então a UniSeg estremeceu, derrubou a arma e caiu para frente.

Vi duas coisas: o buraco de dez centímetros nas costas e Mensah parada atrás, segurando algo que parecia muito com a broca sônica do nosso ortóptero.

— Dra. Mensah — falei —, isso é uma violação do protocolo de segurança, e sou contratualmente obrigado a enviar esse relatório para a empresa...

Aquela fala estava no banco de dados, e o resto do meu cérebro estava vazio.

Ela me ignorou, falando com Pin-Lee no comunicador, e então andou até onde eu estava, agarrou meu braço e me puxou. Eu era pesado demais para ela, então me endireitei para que ela não se machucasse. Naquele momento, me ocorreu que talvez a dra. Mensah fosse uma intrépida exploradora de galáxias, mesmo que ela não se parecesse em nada com as que eu assistia no canal de entretenimento.

Ela continuou me puxando e continuei me mexendo. Tinha alguma coisa errada com a articulação dos meus quadris. Ah, é. Eu levei um tiro. Sangue escorria pelo traje rasgado, e eu levei a mão ao pescoço. Esperava sentir um buraco, mas, na verdade, tinha algo grudado ali.

— Dra. Mensah, talvez outras unidades insurgentes estejam por perto, não sabemos...

— É por isso que precisamos ir rápido — interrompeu ela, me arrastando para frente.

Ela trouxera os últimos dois drones consigo, mas eles estavam inutilmente circulando em volta da cabeça dela. Humanos não têm acesso suficiente ao feed para controlá-los e fazer outras coisas ao mesmo tempo, como andar e falar. Tentei me conectar a eles, mas ainda não conseguia uma conexão clara ao canal do ortóptero.

Viramos em outro corredor, e Overse nos esperava do lado de fora da escotilha. Ela apertou o botão para abrir assim que nos viu. Estava com a pistola empunhada e eu tive tempo para notar que Mensah estava com a minha arma embaixo do outro braço.

— Dra. Mensah, preciso da minha arma.

— Você está sem uma mão e um pedaço do ombro — rebateu ela.

Overse agarrou um pedaço da minha película epidérmica e ajudou a me puxar para fora da escotilha. Poeira rodopiava no ar enquanto o ortóptero pousava a dois metros de distância, passando de raspão no telhado expansível da habitação.

— É, eu sei, mas... — comecei.

A escotilha se abriu e Ratthi colocou a cabeça para fora, agarrando o colarinho da minha película epidérmica e puxando nós três para dentro da cabine.

Caí no chão enquanto levantávamos voo. Precisava fazer alguma coisa sobre aquela articulação do quadril. Tentei verificar o sensor para me certificar de que ninguém no perímetro estava atirando em nós, mas até ali minha conexão ao sistema do ortóptero estava fraca, falhando tanto que eu nem conseguia ver os relatórios dos instrumentos, como se alguma coisa estivesse bloqueando o...

Ferrou.

Tateei a nuca outra vez. A parte maior da obstrução desaparecera, mas conseguia sentir algo na porta de conexão. Na entrada de dados.

As UniSegs de DeltFall não se rebelaram por conta própria, alguém inserira um módulo de combate crítico nelas. Os módulos permitem assumir o controle de uma UniSeg, transformando um construto na maior parte autônomo em uma marionete armada. O acesso ao canal seria cortado, os controles seriam feitos através do comunicador, mas a funcionalidade dependeria da complexidade das ordens. “Mate os humanos” não é uma ordem complexa.

Mensah estava em cima de mim, e Ratthi se inclinava no assento para olhar o acampamento de DeltFall. Overse abriu um dos armários de equipamento. Estavam todos falando, mas eu não conseguia raciocinar nada.

Eu me sentei.

— Mensah, precisa me desligar imediatamente.

— Quê? — Ela virou o rosto para mim. — Nós vamos... conserto emergencial...

O som estava falhando. Era o download inundando meu sistema, e minhas partes orgânicas não estavam acostumadas a processar tantas informações.

— A UniSeg desconhecida inseriu um drive de dados, com um módulo de combate crítico. Está baixando as instruções dentro de mim e vai tomar controle do meu sistema. É por isso que as duas unidades de DeltFall se rebelaram. Você precisa me impedir.

Eu não sei por que estava hesitando tanto em usar a palavra certa. Talvez porque achasse que ela não ia querer ouvir. Ela acabara de atirar em uma UniSeg altamente armada com uma broca de mineração para me recuperar; ela presumivelmente queria me manter por perto.

— Você precisa me matar — falei.

Eles demoraram uma eternidade para entender o que eu acabara de falar, e juntar as peças com o que viram na minha câmera, mas minha habilidade de medir o tempo também estava bugando.

— Não — disse Ratthi, olhando para mim, horrorizado. — Não, não podemos.

— Não vamos — falou Mensah. — Pin-Lee...

Overse largou o kit de reparos e pulou por cima das duas fileiras de assento, gritando que precisava de Pin-Lee. Eu sabia que ela estava indo em direção à cabine para que Pin-Lee pudesse vir me examinar. Eu sabia que ela não teria tempo de me consertar. Eu sabia que poderia matar todo mundo dentro daquele ortóptero, mesmo com a articulação do quadril estourada e um único braço funcional.

Então agarrei a pistola deixada no assento, virei na direção do meu peito e apertei o gatilho.

CONFIABILIDADE DE ATUAÇÃO EM 10% E DIMINUINDO.

DESLIGAMENTO INICIADO.

5

MEUS SISTEMAS VOLTARAM A FICAR on-line, e descobri que eu estava inerte, mas lentamente entrando no ciclo de reativação. Eu estava agitado, todas as minhas leituras estavam erradas e eu não entendia o motivo. Voltei para verificar meu registro pessoal. Ah, ok, era isso.

Eu não deveria estar acordando. Torcia para eles não terem sido idiotas, bonzinhos demais para me matar.

Você deve ter reparado que não apontei a arma para minha cabeça. Eu não queria me matar, mas alguém ia precisar fazer isso. Eu poderia ter me deixado incapacitado de alguma outra forma, mas vamos encarar a realidade: eu não queria ficar sentado lá escutando enquanto eles discutiam até aceitarem que simplesmente não havia outra escolha.

Um diagnóstico foi iniciado e me informou que o módulo de combate crítico fora removido. Por um segundo, não acreditei. Abri o feed de segurança e encontrei a câmera da Clínica. Eu estava deitado na mesa de procedimentos, sem armadura, apenas vestindo o que restara da película epidérmica, e os humanos estavam todos em volta de mim. Essa imagem era meio que um pesadelo. Porém, meu ombro, mão e quadril haviam sido consertados, então em algum momento eu estivera em meu cubículo. Voltei um pouco a gravação e vi Pin-Lee e Overse usarem a baia cirúrgica para remover o módulo de combate da minha nuca. Foi um alívio tão grande que repassei a gravação duas vezes, e depois fiz um diagnóstico. Meus registros estavam claros; não tinha nada ali exceto o que estava antes de entrar na habitação de DeltFall.

Meus clientes são os melhores clientes do mundo.

Foi aí que meu sistema de audição voltou a ficar on-line.

— Eu fiz o SysCentral imobilizá-lo — disse Gurathin.

Hum. Isso explicava bastante coisa. Eu ainda tinha o controle do SysSeg e pedi que interrompesse o acesso do SysCentral ao seu feed e que implementasse minha rotina de emergência. Aquela era uma função que eu integrara para que substituísse cerca de uma hora ou pouco mais dos registros de áudio e vídeo que o SysCentral fazia por gravações genéricas da habitação. Para qualquer um que estivesse nos ouvindo através do SysCentral ou tentando voltar as gravações, soaria como se todo mundo tivesse parado de falar de repente.

O que Gurathin dissera era evidentemente uma surpresa, porque diversas vozes protestaram — na maior parte Ratthi, Volescu e Arada.

— Não existe perigo nenhum — respondeu Pin-Lee, impaciente. — Quando atirou em si mesmo, interrompeu o download. Consegui remover os poucos fragmentos de código nocivo que tinham sido copiados.

— Você quer fazer um diagnóstico próprio, porque... — Overse começou a dizer.

Eu conseguia ouvir todos eles na sala e também através do canal de segurança, então troquei para receber apenas a visão da câmera. Mensah ergueu a mão, pedindo por silêncio.

— Gurathin, qual é o problema? — perguntou ela.

— Quando estava off-line, consegui acessar o sistema interno dele e o registro de atividades através do SysCentral — explicou Gurathin. — Queria explorar algumas anomalias que eu notei através do feed. — Ele gesticulou na minha direção. — Essa unidade já estava se rebelando. O módulo regulador estava hackeado.

No canal de entretenimento, esse é um momento que chamam de "eita, porra".

Através das câmeras de segurança, vi todos eles ficarem confusos, mas não preocupados. Ainda não.

Pin-Lee, que aparentemente estava vasculhando meu sistema local, cruzou os braços. A expressão dela era afiada e cética.

— Acho difícil acreditar nisso. — Ela não acrescentou "seu babaca", mas a voz dela deixava implícito. Ela não gostava que ninguém questionasse suas habilidades.

— Ele não precisa seguir nossas ordens, e não existe controle nenhum sobre seu comportamento — disse Gurathin, ficando impaciente. Ele também não gostava que ninguém questionasse suas habilidades, mas não demonstrava de forma tão óbvia quanto Pin-Lee. — Mostrei minhas avaliações para Volescu e ele concordou comigo.

Eu me senti traído por um instante, o que era uma idiotice. Volescu era meu cliente, eu salvara a vida dele porque esse era meu trabalho, e não porque gostava dele. Porém, Volescu corrigiu logo em seguida:

— Eu não concordei com você.

— Então o módulo regulador está funcionando? — perguntou Mensah, franzindo o cenho para todos eles.

— Não, definitivamente está hackeado — explicou Volescu. Quando ele não estava sendo atacado por uma fauna gigantesca, ele era um cara bastante calmo. — A conexão entre o módulo regulador e o resto do sistema da UniSeg foi parcialmente cortada. Pode transmitir ordens, mas não pode forçá-las a serem cumpridas, controlar comportamentos ou aplicar punições. No entanto, o fato de que essa Unidade está agindo para preservar nossas vidas e cuidar de nós enquanto tem agência própria nos dá ainda mais motivos para confiar nela.

Tá, então eu, na verdade, gostava dele, sim.

— Fomos sabotados desde o instante em que chegamos — insistiu Gurathin. — O relatório de risco incompleto, os pedaços do mapa faltantes. A UniSeg deve ser parte disso. Está agindo em nome da empresa. Eles não querem que esse planeta seja analisado, seja lá por qual motivo. Provavelmente foi isso que aconteceu com o grupo DeltFall.

Ratthi estava só esperando um momento para entrar na conversa e interromper.

— Alguma coisa estranha definitivamente está acontecendo. Só mostravam três UniSegs nos registros de DeltFall, mas cinco unidades estavam na habitação. Tem alguém nos sabotando, mas não acho que a nossa UniSeg seja parte disso.

— Volescu e Ratthi estão certos — disse Bharadwaj, a voz conclusiva. — Se a empresa de fato tivesse mandado a UniSeg nos matar, estaríamos todos mortos.

Overse soava irritada.

— Ele nos avisou do módulo de combate e pediu para matá-lo. Por que é que ele iria fazer isso se quisesse nos machucar?

Eu também gostava dela. E mesmo que fazer parte dessa conversa fosse a última coisa que eu queria fazer, era hora de falar por mim mesmo.

Eu continuei de olhos fechados, observando todos eles através da câmera de segurança porque assim era mais fácil.

— Não é a empresa que está tentando matar vocês — me obriguei a dizer.

Aquilo os assustou. Gurathin começou a falar e Pin-Lee o calou. Mensah deu um passo em frente, me observando com uma expressão preocupada. Ela estava parada perto de mim junto de Gurathin, e os outros estavam reunidos vagamente em formato de círculo ao redor dela. Bharadwaj era quem estava mais para o fundo, sentada em uma cadeira.

— UniSeg, como sabe disso? — perguntou Mensah.

Mesmo através da câmera, era difícil. Tentei fingir que estava dentro do meu cubículo.

— Porque, se a empresa quisesse sabotar alguém, teria envenenado os suprimentos usando o sistema de reciclagem. É mais provável que a empresa mate vocês por acidente.

Houve uma pausa em que todos eles pensaram em como seria fácil para a empresa orquestrar uma sabotagem usando as próprias configurações da habitação.

— Mas isso certamente... — começou Ratthi.

A expressão de Gurathin estava mais rígida do que o normal.

— Essa Unidade já matou pessoas antes. Pessoas cujo seu propósito era proteger. Matou 57 membros de uma operação de mineração.

Sabe aquilo que disse antes, de como hackeei o módulo regulador mas não me tornei um assassino em massa? Era só meio verdade. Eu já era um assassino em massa antes.

Eu não queria explicar. Só que também precisava explicar.

— Não hackeei o módulo regulador para matar meus clientes. Meu módulo regulador teve um defeito por causa da empresa idiota que só compra os componentes mais baratos possíveis. Ele deu um problema e eu perdi o controle dos meus sistemas e matei todo mundo. A empresa me recuperou e instalou outro módulo regulador. Eu hackeei o módulo para que não acontecesse outra vez.

Acho que foi isso que aconteceu. Tudo que eu sei com certeza é que não aconteceu depois que hackeei o módulo. E isso faz com que seja uma história melhor. Eu assisto séries o bastante para saber como uma história dessas deve ser contada.

Volescu pareceu triste, dando de ombros.

— Minha análise do registro pessoal da Unidade confirma esse relato.

Gurathin se virou, impaciente.

— O registro confirma isso porque é o que a Unidade acredita que aconteceu.

— E aqui estamos, todos vivos. — Bharadwaj suspirou.

O silêncio foi pior dessa vez. No feed, vi que Pin-Lee se remexia incerta, olhando para Overse e Arada. Ratthi esfregou o rosto. Então Mensah perguntou baixinho:

— UniSeg, você tem um nome?

Eu não tinha certeza do que ela queria.

— Não.

— Ele se autodenomina "Robô-assassino" — disse Gurathin.

Abri os olhos e o encarei. Não consegui me conter. Pelas expressões dos outros, sabia que dava para ver em meu rosto tudo que eu estava sentindo, e odiei isso.

— Essa era uma informação particular — disse, cerrando os dentes.

O silêncio foi ainda mais longo dessa vez.

— Gurathin, você queria saber como a Unidade passa o tempo — disse Volescu, por fim. — Era por isso que estava olhando os registros, originalmente. Conte aos outros.

Mensah ergueu as sobrancelhas.

— Pois então?

Gurathin hesitou.

— A Unidade fez o download de setecentas horas de programas de entretenimento desde que pousamos. Na maior parte, séries. Em grande maioria, um troço chamado *Santuário Lunar*. — Ele balançou a cabeça, descartando a explicação. — Provavelmente está usando os arquivos para esconder dados para a empresa. Não poder estar só assistindo, não nessa quantidade. Nós teríamos notado.

Bufei. Ele me subestimava.

— A série com a advogada da colônia que matou o supervisor de terraformação, que era o doador secundário do bebê implantado dela? — perguntou Ratthi.

Mais uma vez, não consegui me conter.

— Isso é uma mentira do caralho, ela não matou ele.

Ratthi se virou para Mensah.

— Definitivamente está assistindo.

— Mas como foi que você hackeou seu próprio módulo regulador? — perguntou Pin-Lee, fascinada.

— Todo equipamento da empresa é igual.

Uma vez consegui um download que incluía todas as especificações dos sistemas da empresa. Preso em um cubículo sem nada para fazer, usei o manual para desvendar os códigos do módulo regulador.

Gurathin ainda parecia querer teimar, mas não disse nada. Imaginei que era tudo que ele tinha para argumentar. Agora era minha vez.

— Você está errado — falei. — O SysCentral permitiu que lesse meu registro e deixou que descobrisse que o módulo regulador foi hackeado. Isso é parte da sabotagem. Quer que parem de confiar em mim porque estou tentando manter todos vocês vivos.

— Não precisamos confiar em você. Só precisamos mantê-lo imobilizado — disse Gurathin.

Então. Aí é que está.

— Isso não vai funcionar.

— Por que não?

Rolei para fora da mesa, agarrei Gurathin pelo pescoço e o encostei contra a parede. Aconteceu rápido, rápido demais para eles reagirem. Dei a eles um segundo para registrarem o que aconteceu, ofegarem em surpresa, e para Volescu emitir um gritinho de "vixe!".

— Porque o SysCentral mentiu quando disse que eu estava imobilizado — falei.

Gurathin estava com o rosto vermelho, mas não tão vermelho quanto ficaria se eu começasse a apertar. Antes que qualquer outra pessoa se mexesse, Mensah falou, com a voz firme e calma:

— UniSeg, eu agradeceria se você soltasse Gurathin, por favor.

Ela é uma ótima líder. Vou hackear o arquivo dela e acrescentar isso. Se ela tivesse ficado com raiva, gritado ou deixado os outros entrarem em pânico, não sei o que teria acontecido.

— Eu não gosto de você — disse a Gurathin. — Mas eu gosto do resto deles, e por algum motivo que não compreendo, eles gostam de você.

Então, eu o soltei.

Dei um passo para trás. Overse foi até ele e Volescu agarrou seu ombro, mas Gurathin abanou com a mão para afastá-los. Nem deixei uma marca no pescoço, sabe.

Eu ainda estava observando todos eles pelas câmeras, porque era mais fácil do que olhar diretamente. Minha película epidérmica estava rasgada, revelando algumas conexões entre minhas partes orgânicas e inorgânicas. Odiava quando isso acontecia. Todos ainda estavam congelados, chocados e incertos. Então, Mensah respirou fundo.

— UniSeg, pode impedir o SysCentral de acessar as gravações de segurança dessa sala? — perguntou ela.

Olhei para a parede ao lado da cabeça dela.

— Interrompi o acesso quando Gurathin disse que descobriu que meu módulo regulador tinha sido hackeado e deletei esse pedaço. Estou fazendo o SysSeg mandar o registro de áudio e vídeo para o SysCentral com um atraso de cinco segundos.

— Ótimo. — Mensah assentiu com a cabeça. Estava tentando fazer contato visual, mas eu não conseguia encará-la agora. — Sem o módulo regulador, você não precisa obedecer nossas ordens e nem as ordens de mais ninguém. Mas isso se aplica a todo o tempo em que estivemos aqui.

Os outros ficaram quietos, e percebi que ela estava falando isso para que eles ouvissem, não só para mim.

— Gostaria que você continuasse sendo parte do nosso grupo, até pelo menos conseguirmos sair desse planeta e voltarmos para um lugar seguro — continuou ela. — Quando isso acontecer, podemos discutir o que você gostaria de fazer. Mas juro que não vou contar para a empresa nem para mais ninguém fora dessa sala qualquer coisa sobre você e o módulo defeituoso.

Suspirei, e consegui conter a maior parte disso internamente. É claro que ela precisava dizer isso. O que mais ela poderia fazer? Tentei decidir se eu acreditava naquilo ou não, ou se isso sequer importava, quando fui atingido por uma onda de *não me importo*. E eu realmente não me importava.

— Tá bom — respondi.

Na câmera, Ratthi e Pin-Lee trocaram olhares. Gurathin fez uma careta, irradiando uma aura de ceticismo. Mensah simplesmente perguntou:

— Tem alguma chance de o SysCentral saber sobre seu módulo regulador?

Odiava admitir aquilo, mas eles precisavam saber. Hackear a mim mesmo é uma coisa, mas hackeei outros sistemas também, e não sabia como reagiriam a essa informação.

— É possível. Eu hackeei o SysCentral quando chegamos para que não notasse que as ordens dadas ao módulo regulador não estavam sempre sendo seguidas, mas se o SysCentral foi comprometido por algum agente externo, não sei dizer se isso funcionou. Mas o SysCentral não vai saber que vocês sabem.

Ratthi cruzou os braços, encolhendo os ombros de forma inquieta.

— Precisamos desligar essa coisa ou vai matar todos nós. — Ele estremeceu e olhou para nós. — Desculpe, eu estava falando do SysCentral.

— Não me ofendi — falei.

— Então achamos que o SysCentral foi mesmo corrompido por um agente externo — disse Bharadwaj lentamente, como se estivesse tentando se convencer. — Temos como ter certeza de que não foi mesmo a empresa?

— O sinalizador de emergência de DeltFall foi acionado? — perguntei.

Mensah franziu o cenho, mas Ratthi voltou a ficar pensativo.

— Demos uma olhada no entorno, depois que sua situação estava estável — respondeu ele. — Ele foi destruído. Não haveria motivo para os agressores fazerem isso se a empresa fosse aliada deles.

Todos ficaram parados ali em silêncio. Dava para ver por suas expressões que todos estavam pensando com afinco. O SysCentral, que controlava habitação e do qual dependiam para receber comida, abrigo, ar puro e água, estava tentando matá-los. E o único aliado que tinham era um Robô-assassino, que queria que todo mundo calasse a boca para que pudesse assistir séries o dia inteiro.

Então, Arada caminhou até mim e deu um tapinha no meu ombro.

— Sinto muito. Isso deve ser muito angustiante. Depois de tudo o que a outra Unidade fez com você... você está bem?

Aquilo era atenção demais. Eu me virei de costas e fui encarar o cantinho sem olhar para ninguém.

— Notei outras duas instâncias de tentativa de sabotagem — falei. — Quando o Hostil Um atacou os doutores Bharadwaj e Volescu e eu fui ajudar, recebi um comando de abortar do SysCentral através do módulo regulador. Achei que era um bug causado pelo SysMed tentando se sobrepor ao SysCentral. Quando a dra. Mensah estava pilotando o ortóptero menor para verificar a anomalia do mapa, o piloto automático foi cortado no instante que estávamos atravessando uma cordilheira.

Acho que é só isso. Ah, não, pera aí.

— O SysCentral também baixou do satélite um pacote de atualização para mim antes de irmos para DeltFall. Eu não instalei nada. Vocês provavelmente deveriam dar uma olhada para ver quais eram as instruções que eu receberia.

— Pin-Lee, Gurathin, conseguem desligar o SysCentral sem comprometer nenhum dos sistemas de regulação de ambiente? E acionar o nosso sinalizador de emergência sem que o sistema interfira? — perguntou Mensah.

Pin-Lee olhou para Gurathin e depois assentiu.

— Depende em que condição você quer que fique depois que acabarmos.

— Digamos que é melhor não explodir nada, mas também não precisam ser muito gentis — disse Mensah.

Pin-Lee acenou com a cabeça.

— Isso dá para fazer.

Gurathin pigarreou.

— O sistema vai saber o que estamos fazendo. Mas se não tiver nenhuma instrução para nos impedir, talvez não faça nada.

Bharadwaj se inclinou para frente, franzindo a testa.

— Deve estar enviando informações para alguém. Se tiver chance de avisar que vamos desligar tudo, talvez passem alguma ordem.

— Precisamos tentar — disse Mensah. Ela assentiu para os dois. — Podem começar.

Pin-Lee começou a andar até a porta, mas Gurathin se virou para Mensah.

— Vocês vão ficar bem aqui?

Ele queria perguntar se todos iam ficar bem enquanto eu ainda estava aqui. Revirei os olhos.

— Vamos ficar bem — confirmou Mensah, firme, com apenas um leve tom de *eu disse para ir agora*.

Fiquei observando enquanto ele e Pin-Lee se afastavam pelas câmeras, só caso ele tentasse alguma gracinha.

Volescu se remexeu.

— Também precisamos olhar o pacote de atualização. Saber o que queriam que a UniSeg fizesse pode nos dar algumas pistas.

Bharadwaj se colocou em pé, oscilando um pouco.

— O SysMed está isolado do SysCentral, certo? É por isso que não está falhando nada. Talvez dê para usar para destrinchar o download.

Volescu a segurou pelo braço e os dois seguiram para a cabine ao lado para usar a superfície visual.

Fez-se um pouco de silêncio. Os outros ainda poderiam nos ouvir pelo feed, mas ao menos não estavam na sala, e senti a tensão nas costas e nos ombros diminuir. Era mais fácil pensar. Fiquei feliz que Mensah tivesse pedido que acionassem o sinalizador de emergência. Mesmo que alguns deles ainda suspeitassem do envolvimento da empresa, não era como se houvesse outra forma de sair do planeta.

Arada esticou o braço e segurou a mão de Overse.

— Se não é a empresa fazendo isso, então quem seria? — perguntou ela.

— Deve ter mais alguém aqui. — Mensah esfregou a testa, estremecendo enquanto pensava. — Aquelas duas UniSegs que encontramos em DeltFall devem ter vindo de algum lugar. UniSeg, presumo que a empresa possa ser subornada para esconder a existência de uma terceira equipe de pesquisa nesse planeta, correto?

— A empresa poderia ser subornada para esconder a existência de centenas de equipes de pesquisa no planeta — respondi.

Equipes de pesquisa, cidades inteiras, colônias perdidas, circos itinerantes, qualquer coisa, desde que acreditassem que conseguiriam sair ilesos ao fazer isso. Eu só não via como poderiam sair ilesos depois do desaparecimento de uma equipe de pesquisa de clientes — ou de duas equipes de clientes. Ou por que fariam algo assim. Existem empresas seguradoras aos montes por aí, e a competição é acirrada. Clientes mortos eram péssimos para os negócios.

— Não creio que a empresa entraria em conluio com um grupo de clientes para matar outros dois grupos de clientes. Vocês compraram uma apólice de seguro que afirma que a empresa garantiria sua segurança ou pagaria uma indenização em caso de morte ou lesão. Mesmo que a empresa não possa ser responsabilizada completa ou parcialmente por suas mortes, ainda assim precisaria fazer um pagamento para seus herdeiros. DeltFall era uma operação grande. Só a indenização pelas mortes deles já seria imensa.

E a empresa odiava gastar dinheiro. Dava para saber isso só de olhar o estofado reciclado dos móveis da habitação.

— E se acreditassem que os clientes foram mortos por uma UniSeg com defeito, o pagamento seria ainda maior depois que entrassem com todas as ações judiciais — conclui.

Pelas câmeras, conseguia ver as expressões pensativas e acenos de cabeça enquanto pensavam no que eu dissera. E elas se lembravam que eu tinha experiência nos acontecimentos que sucediam uma UniSeg ficar com defeito e matar clientes.

— Então a empresa recebeu um suborno para esconder o terceiro grupo de pesquisa, mas não para deixar que nos matassem — disse Overse. Uma das coisas boas de ter clientes cientistas é que eles são rápidos no raciocínio. — Isso significa que só precisamos ficar vivos tempo o bastante para que o transporte de volta venha nos pegar.

— Mas quem é o responsável? — Arada gesticulou com as mãos. — Seja lá quem for, deve ter hackeado o satélite. — Na câmera de segurança, eu a vi olhar para mim. — É assim que conseguiram controlar as UniSegs de DeltFall? Através de um download?

Aquela era uma boa pergunta.

— É bem possível — respondi. — Mas isso não explica por que uma das três UniSegs de

DeltFall foi morta do lado de fora da habitação com uma broca de mineração.

Não era possível recusarmos downloads, supostamente, e eu duvidava que existissem outras UniSegs escondendo o fato de que tinham hackeado seus módulos reguladores.

— Se o grupo DeltFall se recusou a baixar o pacote de dados para suas UniSegs porque estavam encontrando o mesmo aumento de falhas no equipamento que enfrentamos, as duas Unidades não identificadas poderiam ter sido enviadas para infectar manualmente as unidades de DeltFall.

Ratthi estava encarando o nada, e através da câmera eu vi que ele estava repassando meus registros de vídeo na habitação de DeltFall. Ele apontou para mim, assentindo.

— Concordo, mas isso significaria que o grupo DeltFall permitiu que Unidades desconhecidas entrassem em sua habitação.

Era provável. Verificamos se todos os ortópteros estavam presentes, mas era impossível saber se algum outro ortóptero pousara e então decolara outra vez em certa altura. Falando nisso, fiz uma verificação rápida do feed de segurança para ver como estava o nosso perímetro. Os drones ainda estavam patrulhando, e os sensores de alarme todos responderam ao meu comando.

— Mas por quê? Por que permitiram que um grupo estranho entrasse na sua habitação? Um grupo cuja existência foi escondida deles? — perguntou Overse.

— Vocês fariam o mesmo — falei.

Eu deveria era ficar de boca fechada, para que continuassem pensando em mim como sua UniSeg obediente e normal, e parar de lembrá-los do que realmente era. Porém, queria que tomassem cuidado.

— Se um grupo de pesquisa estranho aparecesse aqui sendo amigável, dizendo que tinha acabado de chegar, e ah, caramba, nosso equipamento está com defeito, o SysMed está desligado e precisamos de ajuda, vocês deixariam todo mundo entrar — continuei. — Mesmo se eu dissesse para não fazer isso e que isso ia contra os protocolos de segurança da empresa, vocês ainda abririam a porta.

Não que eu guarde alguma mágoa quanto a isso nem nada assim. Um monte de regras da empresa são idiotas ou só existem para aumentar os lucros, mas algumas delas existem por um bom motivo. Não deixar estranhos entrarem na habitação era uma delas.

Arada e Ratthi trocaram um olhar irônico.

— É, talvez abríssemos — concedeu Overse.

Mensah estava em silêncio esse tempo todo, ouvindo a conversa.

— Acho que foi ainda mais fácil — disse ela. — Acho que só disseram que éramos nós.

Era uma resposta tão simples que eu me virei e olhei diretamente para ela. A testa dela estava franzida, concentrada.

— Então eles pousam, dizem que são o nosso grupo e que precisam de ajuda. Se eles têm acesso a nosso SysCentral, escutar a nossa comunicação seria fácil — disse ela.

— Quando vierem para cá, não vão fazer isso — respondi.

Tudo dependia do que esse outro grupo de pesquisa tinha, se já tinham vindo preparados para se livrar de grupos de pesquisa rivais ou se decidiram nos matar só depois que chegaram. Eles poderiam ter veículos armados, UniSegs de Combate e drones armados. Tirei alguns exemplos do banco de dados, mandando no feed para que os outros humanos pudessem ver.

O canal do SysMed me informou que os batimentos cardíacos de Ratthi, Overse e Arada se aceleraram. O de Mensah não, porque ela já tinha pensado em tudo isso. Foi por isso que mandou Pin-Lee e Gurathin desligarem o SysCentral.

— Então o que vamos fazer quando vierem para cá? — perguntou Ratthi, nervoso.

— Não estar aqui — respondi.

Pode parecer estranho que Mensah foi a única humana que pensou em abandonar a habitação enquanto esperávamos o sinalizador trazer o resgate, mas como eu disse antes, eles não eram exploradores galácticos intrépidos. Eram pessoas que estavam fazendo um trabalho e de repente caíram em uma situação terrível.

Eles ouviram no treinamento antes da viagem, leram nos contratos que precisaram assinar para a empresa e nos pacotes com os informativos de todos os riscos, e até mesmo na primeira reunião com sua UniSeg ao chegarem na superfície, que aquela era uma região desconhecida e potencialmente perigosa em um planeta na maior parte inexplorado. Nunca deveriam sair da habitação sem as precauções de segurança, e nós sequer fazíamos viagens de análise que exigiam passar a noite fora. Era difícil compreender a ideia de que era mais seguro enfiar um monte de suprimentos de emergência nos dois ortópteros e dar no pé do que ficar na habitação.

Porém, quando Pin-Lee e Gurathin desligaram o SysCentral, e Volescu destrinchou o download do satélite com o qual eu deveria ter me atualizado, eles entenderam rapidinho.

Bharadwaj explicou o plano no comunicador enquanto eu vestia minha película epidérmica extra e a armadura.

— Supostamente deveria controlar a UniSeg, e as instruções eram bem específicas — concluiu ela. — Assim que a UniSeg estivesse sob o controle deles, eles teriam acesso ao SysMed e ao SysSeg.

Vesti o capacete e deixei o visor opaco. O alívio que senti foi imenso, quase o mesmo tanto que acordar e descobrir que o módulo de combate fora removido. Eu te amo, armadura, eu te amo. Nunca mais vou abandonar você.

— Pin-Lee, e o sinalizador? — Mensah perguntou no comunicador.

— Recebi um sinal quando iniciei o lançamento do foguete. — Pin-Lee parecia ainda mais exasperada do que o normal. — Mas agora que o SysCentral foi desligado, não tenho como confirmar.

Avisei no canal que poderia despachar um drone para verificar. Naquele momento, era importante que o sinalizador tivesse sido acionado. Mensah me deu a autorização e eu repassei a ordem para um dos drones.

O sinalizador ficava a alguns quilômetros da habitação por questão de segurança, mas pensei que nós deveríamos ter ouvido o lançamento. Talvez não; eu nunca precisara acionar um sinalizador antes.

Mensah já conseguira que os humanos se organizassem e se movessem, então assim que estava com as armas e os drones extras carregados, peguei algumas caixas. Fiquei escutando fragmentos de conversas através das câmeras de segurança.

(— Precisa pensar nele como uma pessoa — disse Pin-Lee para Gurathin.

— É uma pessoa — insistiu Arada.)

Ratthi e Arada passaram por mim carregando suprimentos médicos e baterias extras. Eu aumentei o perímetro dos drones para o alcance máximo. Não tínhamos certeza se quem atacou DeltFall já estaria próximo, mas era uma grande possibilidade. Gurathin saiu da habitação para verificar os sistemas dos dois ortópteros, para se certificar de que ninguém além de nós tinha acesso a eles e que o SysCentral não tinha zoado alguma coisa na programação deles. Fiquei de olho nele através dos drones. Ele continuava olhando para mim, ou tentando não olhar para mim, o que era bem pior. Eu não precisava de nenhuma distração. Quando o próximo ataque acontecesse, seria algo rápido.

(— Eu penso nele como uma pessoa — disse Gurathin. — Uma pessoa altamente armada e com muita raiva e que não tem nenhum motivo para confiar em nós.

— Então pare de ser grosseiro com ele — disse Ratthi. — Isso pode ajudar, que tal?)

Mensah disse no comunicador:

— Eles sabem que as UniSegs aplicaram o módulo de combate com sucesso em nossa UniSeg. E precisamos presumir que receberam informações o suficiente através do SysCentral para saber que nós removemos o componente. Porém, eles não sabem que temos uma teoria sobre a existência deles. Quando a UniSeg cortou o acesso do SysCentral, ainda estávamos certos de que a sabotagem vinha da empresa. Eles não vão concluir que sabemos que eles estão vindo para cá.

Era por isso que precisávamos ir rápido. Ratthi e Arada pararam para responder uma pergunta sobre as baterias do equipamento médico, e eu os empurrei de volta para a habitação para buscarem a próxima leva.

O problema que eu teria é que os robôs-assassinos só lutam de um jeito: nós nos atiramos em cima do alvo e tentamos matá-los a todo custo, sabendo que 90% do nosso corpo pode ser regenerado ou substituído dentro de um cubículo. Enfim, elegância não é um requisito.

Quando saíssemos da habitação, eu não teria acesso ao meu cubículo. Mesmo se soubéssemos como desmontar tudo, o que não sabíamos, era grande demais para caber no ortóptero, e precisava de eletricidade demais.

E talvez o outro grupo tivesse robôs de combate de verdade, em vez de robôs de segurança como eu. Nesse caso, nossa única chance era continuar fugindo deles até o resgate chegar. Se é que o outro grupo de pesquisa não subornara alguém na empresa para atrasar o transporte. Eu ainda não mencionara essa possibilidade.

Estávamos com quase tudo carregado quando Pin-Lee gritou no comunicador:

— Encontrei! Eles tinham uma porta de entrada escondida no SysCentral. O sistema não estava mandando nenhum dado visual ou de áudio para eles ou permitindo que vissem nosso feed, mas recebia ordens periodicamente. Foi assim que conseguiram apagar as informações do nosso relatório e do mapa, e foi assim que enviaram a ordem para o piloto automático do ortóptero menor desligar.

— Agora os dois ortópteros estão liberados e iniciei as verificações pré-voo — acrescentou Gurathin.

Mensah estava dizendo algo, mas eu acabara de receber um alerta do SysSeg. Um drone estava me enviando um sinal de emergência.

Um segundo depois, recebi do drone imagens do local onde nosso sinalizador fora instalado. O tripé de lançamento estava tombado, e pedaços da cápsula estavam espalhados ao redor.

Enviei as imagens para o feed geral, e os humanos ficaram quietos por um instante.

— Merda — disse Ratthi, baixinho.

— Vamos logo — disse Mensah no comunicador, a voz severa.

Com o SysCentral desligado, não tínhamos nenhum sensor acessível, mas eu aumentara o perímetro o máximo possível, e o SysSeg acabara de perder o contato com um dos drones mais ao sul. Joguei a última caixa no compartimento de carga e enviei as ordens aos drones.

— Eles estão vindo! Precisamos levantar voo imediatamente! — gritei no comunicador.

Foi uma coisa inesperadamente estressante ficar andando em círculos na frente dos ortópteros enquanto esperava meus humanos. Volescu saiu com Bharadwaj, ajudando-a a caminhar no terreno arenoso. Depois vieram Overse e Arada, com mochilas penduradas nos ombros, gritando para Ratthi atrás delas se apressar. Gurathin já estava no ortóptero maior, e Mensah e Pin-Lee vieram por último.

Eles se dividiram: Pin-Lee, Volescu e Bharadwaj seguiram para o ortóptero menor, e o resto foi para o maior. Eu me certifiquei de que Bharadwaj conseguisse subir a rampa sem problemas. Tivemos um problema com a escotilha do ortóptero maior, porque Mensah queria entrar por último e eu também queria entrar por último. Procurando um meio termo, eu a agarrei pela cintura e ergui nós dois pela escotilha enquanto a rampa se recolhia atrás de nós. Eu a deixei em pé dentro do veículo.

— Obrigada, UniSeg — disse ela, enquanto os outros nos encaravam.

O capacete tornava as coisas mais fáceis, mas eu ia sentir saudades do distanciamento que as câmeras de segurança providenciavam.

Continuei em pé, segurando o trilho do teto, enquanto os outros colocavam os cintos e Mensah seguia para o assento de piloto. O ortóptero menor levantou voo primeiro, e ela deu tempo para ele se estabilizar no ar antes de decolarmos.

Estávamos fazendo tudo isso com base em uma suposição: que Eles, seja lá quem Eles fossem, não sabiam que nós sabíamos que Eles estavam aqui e, portanto, Eles só mandariam um veículo. Estariam esperando nos pegar desprevenidos na habitação, e provavelmente viriam preparados para destruir os ortópteros para nos manter ali e depois começar a eliminar as pessoas. Então, agora que sabíamos que Eles estavam vindo pelo sul, estávamos livres para escolher outra direção. O ortóptero menor se inclinou na direção oeste, e nós o seguimos.

Eu só torcia para os ortópteros do outro grupo não terem sensores melhores do que os nossos.

Eu conseguia ver a maioria dos meus drones através do feed do ortóptero, pontos iluminados ocupando as três dimensões do mapa. O Grupo Um estava fazendo o que eu mandara, juntando-se em um ponto de encontro perto da habitação. Eu estivera fazendo um cálculo, estimando a hora de chegada da equipe farsante. Logo antes de ficarmos fora da área de alcance, disse para os drones seguirem a nordeste. Poucos momentos depois, perdi o sinal. Eles seguiriam a última instrução até toda a bateria se esgotar.

Eu torcia para que o outro grupo de pesquisa seguisse o rastro deles. Assim que vissem nossa habitação, veriam que os ortópteros não estavam mais lá e saberiam que tínhamos fugido. Talvez parassem para vasculhar a habitação, mas poderiam procurar nossa rota de fuga. Era impossível adivinhar qual dos dois fariam.

Porém, enquanto voávamos, virando na direção das montanhas distantes, ninguém nos seguiu.

6

OS HUMANOS DISCUTIRAM MUITO PARA onde deveríamos ir. Ou o tanto que conseguiram discutir enquanto calculavam freneticamente qual era o máximo de coisas necessárias para sobrevivência que os ortópteros seriam capazes de carregar. Sabíamos que o grupo, que Ratthi agora chamava de PesquisaMaligna, tivera acesso ao SysCentral e conhecia todos os lugares em que fizemos análises, então precisávamos ir para um lugar novo.

Seguimos para um local que Overse e Ratthi propuseram depois de analisarem o mapa rapidamente. Era uma sequência de montes rochosos no meio de uma floresta tropical espessa, densamente ocupada por uma grande variedade de fauna, o suficiente para confundir qualquer sensor que procurasse sinais de vida. Mensah e

Pin-Lee aterrissaram os ortópteros com cuidado em meio aos penhascos rochosos. Usei alguns drones para verificar se dava para nos ver de diversos ângulos e ajustamos a posição dos ortópteros algumas vezes. Em seguida, estabeleci um perímetro.

Nada parecia muito seguro e, por mais que tivéssemos algumas cabanas nos kits de sobrevivência, ninguém sugeriu montar nenhuma delas. Os humanos ficariam nos ortópteros por enquanto, conversando pelo comunicador e pelo feed limitado dos veículos. Não seria confortável para os humanos (as instalações sanitárias e higiênicas eram pequenas e limitadas, para começo de conversa), mas seria o mais seguro. Fauna grande e pequena se mexia dentro do alcance dos nossos sensores, curiosa e potencialmente tão perigosa quanto as pessoas que queriam matar meus clientes.

Saí com alguns drones para averiguar os arredores e me certificar de que não havia sinal de algo grande o bastante para, sei lá, arrastar o ortóptero menor no meio da noite. Isso também me deu a oportunidade de pensar um pouco.

Os humanos sabiam sobre o módulo regulador, ou no caso, sobre a falta dele, e apesar de

Mensah ter jurado que não iria me dedurar, eu precisava pensar no que eu queria fazer.

É errado pensar em um construto como uma coisa meio-máquina, meio-humana. Ficava parecendo que eram metades distintas, como se a metade máquina devesse querer obedecer a todas as ordens e fazer seu trabalho, enquanto a metade humana deveria querer se proteger e sair vazado dali. Na verdade, eu era uma entidade inteiramente confusa, sem ideia do que eu gostaria de fazer. Do que eu deveria fazer. Do que eu precisava fazer.

Eu poderia deixá-los ali para lidarem com essa situação sozinhos, acho. Eu me imaginei fazendo isso, imaginei Arada e Ratthi capturados por UniSegs insurgentes e senti um nó nas entranhas. Odeio ter emoções por causa da realidade. Prefiro ter emoções por causa de *Santuário Lunar*.

E o que mais eu poderia fazer, afinal? Sair vagando por esse planeta vazio e viver a vida até minha bateria esgotar? Se eu fosse fazer isso, deveria ter me planejado melhor e baixado mais mídias do canal de entretenimento. Acho que não teria espaço suficiente na memória para durarem até minhas baterias acabarem. Minhas especificações diziam que isso aconteceria apenas dali a centenas de milhares de horas.

E até para mim isso parecia uma coisa muito idiota de se fazer.

Overse configurara alguns sensores remotos que nos ajudariam a ter um aviso se alguma coisa tentasse escanear aquela área. Os humanos subiram de volta nos dois ortópteros, e eu rapidamente contei todo mundo no feed, me certificando de que todos ainda estavam lá. Mensah esperava na rampa, indicando que queria falar comigo em particular.

Coloquei o feed e o comunicador no mudo.

— Sei que você fica mais confortável deixando seu capacete opaco, mas a situação mudou — disse ela. — Precisamos ver você.

Eu não queria fazer isso. Agora mais do que nunca. Eles sabiam coisas demais sobre mim. Porém, eu precisava que eles confiassem em mim para mantê-los vivos e continuar fazendo meu trabalho. A versão correta do meu trabalho, não a versão malfeita que eu estava fazendo antes de coisas começarem a tentar matar meus clientes. Ainda assim, eu não queria fazer isso.

— No geral, é melhor se os humanos pensarem em mim como um robô — expliquei.

— Talvez em circunstâncias normais. — Ela estava olhando um pouco de lado, tentando não fazer contato visual, algo pelo qual eu era grato. — Mas essa situação é diferente. Seria melhor se pudessem pensar em você como uma pessoa que está tentando ajudar. Porque é assim que eu penso em você.

Minhas entranhas derreteram. Essa é a única forma de descrever o que aconteceu. Depois de um minuto, quando consegui controlar minha expressão, deixei o visor transparente e o capacete se dobrou de volta para dentro da armadura.

— Obrigada — disse ela, e a segui pela rampa para entrar no ortóptero.

Os outros estavam guardando equipamentos e suprimentos que tinham sido jogados de qualquer jeito antes da decolagem.

— ... se eles restaurarem a função do satélite — Ratthi estava dizendo.

— Não vão arriscar isso até... a não ser que nos peguem — disse Arada.

No comunicador, Pin-Lee suspirou, frustrada e com raiva.

— Se ao menos a gente soubesse quem são esses babacas.

— Precisamos conversar sobre nosso próximo passo — Mensah interrompeu a tagarelice e se sentou nos fundos, de onde ela conseguia ver todo o compartimento.

Os outros se sentaram de frente para ela, Ratthi virando um dos assentos móveis ao contrário. Eu me sentei no banco na parede estibordo. O feed nos deixava ver o compartimento do ortóptero menor, com o resto do time sentado ali, aparecendo para mostrar que estavam prestando atenção.

— Tem outra questão para a qual eu gostaria de ter uma resposta — continuou Mensah.

Gurathin olhou para mim, na expectativa. Ela não está falando de mim, seu idiota.

Ratthi assentiu, sombrio.

— Por quê? Por que essas pessoas estão fazendo isso? O que elas ganham com isso?

— Deve ter alguma coisa a ver com aquelas seções apagadas do nosso mapa — disse Overse. Ela estava abrindo as imagens no feed. — Obviamente tem algo ali que interessa eles, que não queriam nem que nós nem DeltFall encontrassem.

Mensah ficou em pé, começando a andar em círculos.

— Conseguiu descobrir alguma coisa na análise?

No feed, Arada rapidamente consultou Bharadwaj e Volescu.

— Ainda não, mas não terminamos de fazer todos os testes Até agora não descobrimos nada interessante — respondeu ela.

— Eles realmente acham que conseguem se safar dessa? — Ratthi se virou para mim, como se esperasse uma resposta. — Óbvio que eles podem hackear os sistemas e o satélite da empresa e querem colocar a culpa nas UniSegs, mas... A investigação vai ser minuciosa depois. Eles devem saber disso.

Havia muitos fatores em jogo ali, e coisas desconhecidas demais, mas supostamente devo responder perguntas direcionadas a mim, e mesmo sem o módulo regulador, é difícil superar velhos hábitos.

— Talvez acreditem que a empresa ou os beneficiários das apólices de vocês não vão procurar por mais respostas depois de descobrirem

UniSegs insurgentes. Mas eles não têm como fazer dois times de pesquisa desaparecerem a não ser que a entidade corporativa ou política por trás das duas equipes não se importe com as perdas. A entidade responsável por DeltFall se importa? E a sua?

Isso fez com que todos eles me encarassem, por algum motivo. Precisei virar de costas e olhar pela janelinha. Queria tanto usar meu capacete que as minhas partes orgânicas começaram a suar, mas repassei a conversa com Mensah e consegui me segurar.

— Você não sabe quem somos? Eles não contaram? — perguntou Volescu.

— Tinha um pacote informativo no download inicial. — Eu ainda estava encarando o emaranhado verde espesso pouco além das rochas. Eu realmente não queria entrar em detalhes do quanto eu não prestava atenção no serviço. — Eu não li.

— Por que não? — Arada perguntou, a voz gentil.

Enquanto todos me encaravam, não consegui inventar uma mentira boa.

— Porque eu não me importava.

— Você espera que acreditemos nisso? — perguntou Gurathin.

Senti meu rosto se mexer, minha mandíbula cerrar. Eram reações físicas que eu não conseguia conter.

— Vou tentar ser mais preciso. Eu era indiferente e estava vagamente irritado por ter que trabalhar. Nisso você acredita?

— Por que você não quer que olhemos para você? — perguntou ele.

Minha mandíbula estava tão apertada que engatilhou um alerta de confiabilidade de atuação no meu feed.

— Vocês não precisam olhar para mim. Eu não sou um robô-sexy.

Ratthi emitiu um ruído que era metade suspiro e metade exasperação. Não foi direcionado a mim.

— Eu já disse, Gurathin. Ele é tímido — disse Ratthi.

— Não quer interagir com humanos. E por que ia querer? Você sabe como tratam os construtos, especialmente em ambientes político-corporativistas — acrescentou Overse.

Gurathin se virou para mim.

— Então você não tem um módulo regulador, mas podemos punir você só olhando para o seu rosto.

Eu o encarei.

— Provavelmente, mas só até eu lembrar que tenho pistolas embutidas nos braços.

Com certa ironia na voz, Mensah disse:

— Pronto, Gurathin. Ele já ameaçou você mas não recorreu à violência. Agora você está satisfeito?

Ele se sentou.

— Por enquanto.

Então ele estava me testando. Uau, isso foi corajoso. E muito, muito idiota.

— Quero me certificar de que você não está sob nenhuma influência externa — disse ele para mim.

— Agora chega. — Arada se levantou e se sentou ao meu lado. Eu não queria ter que passar por ela, então isso me deixava preso naquele canto. — Você precisa dar um tempo para ele. Nunca interagiu com humanos como um agente livre antes de nós. Essa é uma experiência de aprendizado para todos.

Os outros assentiram, como se isso fizesse sentido.

Mensah me mandou uma mensagem particular através do feed: "Espero que você esteja bem".

"Porque você precisa de mim", respondi. Não sei de onde veio isso. Tudo bem, veio de mim, mas ela era minha cliente e eu era uma UniSeg. Não existia um contrato emocional entre nós. Não havia nenhum motivo racional para eu soar como um bebê humano fazendo birra.

"É claro que preciso de você. Não tenho nenhuma experiência em enfrentar nada desse tipo. Nenhum de nós tem." Às vezes, é impossível para os humanos não deixarem emoções transparecerem no feed. Ela estava furiosa e assustada. Não comigo, mas com as pessoas que fariam algo desse tipo, matar pessoas assim, assassinar uma equipe de pesquisa inteira e deixar que UniSegs levassem a culpa. Ela estava com dificuldade de lidar com a raiva, apesar de nada transparecer no seu rosto, exceto por uma preocupação comedida. Através do feed, senti que ela estava tentando se recompor. "Você é o único aqui que não vai entrar em pânico. Quanto mais tempo essa situação durar, os outros... Precisamos ficar unidos e usar a cabeça."

Isso era mesmo verdade. E eu poderia ajudar só continuando a ser uma UniSeg. Supostamente, era para eu deixar todos eles a salvo. "Eu entro em pânico o tempo todo, você só não consegue ver", disse a ela. E acrescentei o modificador de texto que classificava a mensagem como *piada*.

Ela não respondeu, mas abaixou a cabeça, sorrindo consigo mesma.

— E tem mais uma coisa — Ratthi estava dizendo. — Onde eles estão? Eles chegaram na habitação pelo sul, mas isso não diz nada.

— Deixei três drones na nossa habitação — respondi. — Eles não têm função de sensor enquanto o SysCentral estiver desligado, mas o registro de áudio e vídeo ainda vai funcionar. Talvez consigam captar alguma coisa que vai responder a todas as perguntas.

Eu deixara um drone em cima de uma árvore com uma visão de longa distância da habitação, um embaixo do telhado extensível da entrada e um dentro do salão principal, escondido embaixo de um console. Estavam quase inertes, apenas gravando, então, quando PesquisaMaligna fizesse uma varredura, os drones ficariam escondidos nas leituras de energia ambiente do sistema de regulação da habitação. Eu não conseguira conectar os drones ao SysSeg como normalmente fazia para gravar os dados e filtrar as partes chatas. Eu sabia que PesquisaMaligna verificaria isso, então joguei toda a memória do SysSeg dentro do sistema do ortóptero maior e deletei tudo.

Eu também não queria que soubessem mais sobre mim do que já sabiam.

Todos estavam me encarando outra vez, surpresos que Robô-assassino tinha um plano. Sinceramente, eu não podia culpá-los. Nossos módulos educacionais não instruíam nada desse tipo, mas essa era outra forma que todos os thrillers e aventuras que eu assistira ou lera estavam finalmente sendo úteis. Mensah ergueu as sobrancelhas, agradecida.

— Mas não consegue captar o sinal daqui — disse ela.

— Não, eu precisaria voltar lá para pegar os dados — informei.

Pin-Lee se afastou da câmera do ortóptero menor.

— Talvez eu consiga anexar um dos sensores menores a um drone. Vai ser lento e desajeitado, mas seria melhor do que só ter áudio e vídeo.

Mensah assentiu.

— Pode fazer isso, mas lembre-se de que nossos recursos são limitados. — Ela me marcou no feed para que eu soubesse que estava falando comigo sem olhar para mim. — Quanto tempo acha que o outro grupo vai ficar na nossa habitação?

Volescu grunhiu audivelmente no outro ortóptero.

— Todas as nossas amostras. Temos todos os dados, mas se destruírem nosso trabalho...

Os outros estavam concordando com ele, expressando frustração e preocupação. Eu os ignorei, respondendo Mensah.

— Acho que não vão ficar muito tempo. Não tem nada lá que eles queiram.

Por um instante, Mensah deixou que suas feições demonstrassem o quanto ela estava preocupada.

— Porque o que eles querem somos nós — disse ela, baixinho.

Ela também estava correta quanto a isso.

Mensah organizou os turnos de vigia, incluindo um tempo para que eu pudesse ficar em hibernação e fazer um ciclo de diagnósticos e recarga. Estava planejando usar esse tempo para assistir um pouco de *Santuário Lunar* e recarregar minha capacidade de lidar com humanos com tanta proximidade sem enlouquecer.

Depois que os humanos se acomodaram, dormindo ou entretidos com seus próprios feeds, caminhei pelo perímetro e verifiquei os drones. A noite era mais barulhenta do que o dia, mas até agora nada maior do que insetos e alguns répteis se aproximara dos ortópteros. Quando entrei pela escotilha do ortóptero maior, Ratthi era o humano que estava de vigia, sentado na cabine, de olho nos sensores. Eu passei pela parte da tripulação e me sentei ao lado dele.

Ele me fez um aceno de cabeça.

— Tudo certo? — perguntou.

— Sim.

Eu precisava perguntar uma coisa, mas não queria. Quando estava procurando espaço na minha memória permanente para todos meus downloads de entretenimento, o pacote informativo foi um dos arquivos que eu deletara. (Eu sei, mas eu estou acostumado a ter toda a memória extra do SysSeg.) Lembrando do que Mensah dissera, eu abri o capacete. Era mais fácil quando estava só com Ratthi, nós dois encarando o painel.

— Por que todo mundo achou tão estranho quando eu perguntei se sua entidade política sentiria sua falta?

Ratthi sorriu para o painel.

— Porque a dra. Mensah é nossa entidade política. — Ele fez um gesto contido, virando a palma da mão para cima. — Nós somos da Aliança de Preservação, um dos sistemas não corporativos. A dra. Mensah é atualmente a diretora administrativa do nosso comitê de liderança. É uma posição que se ganha com uma eleição e dura um período específico. Só que um dos princípios do nosso lar é que os administradores também precisam continuar a fazer seus trabalhos normalmente, seja lá quais forem. O trabalho dela precisava dessa pesquisa, então ela está aqui, e nós também.

Ok, eu me senti um pouco idiota. Eu ainda estava processando essa informação quando ele continuou:

— Sabe, nos territórios controlados pela Preservação, os robôs são considerados cidadãos plenos. Um construto se encaixaria nessa mesma categoria.

Ele me informou aquilo como se estivesse me dando uma dica.

Que seja. Robôs que são "cidadãos plenos" ainda precisam de um humano ou um humano modificado como guardião, normalmente seu empregador; eu já vira isso nos canais de notícia. E nos canais de entretenimento, onde todos os robôs eram serventes felizes ou estavam secretamente apaixonados por seus guardiões. Se as mídias mostrassem robôs assistindo o canal de entretenimento o dia todo sem ninguém tentar obrigá-los a falar de seus sentimentos, eu ficaria bem mais interessado.

— Mas a empresa sabe quem ela é — afirmei.

Ratthi suspirou.

— Ah, sim, eles sabem. É inacreditável o quanto tivemos que pagar para garantir o seguro durante o estudo. Esses babacas da empresa são um bando de ladrões.

Isso significava que, se conseguíssemos acionar o sinalizador, a empresa não ficaria de bobeira e o veículo para nos buscar chegaria rápido. Nenhum suborno da PesquisaMaligna poderia impedir isso. Talvez até enviassem uma nave de segurança mais rápida para verificar o problema antes do transporte chegar. Uma apólice de seguro para um líder político custava caro, mas os pagamentos que a empresa precisaria fazer se algo acontecesse com ela eram fora de série. A indenização gigantesca, a humilhação na frente de outras empresas seguradoras e nos canais de notícia... encostei no assento e fechei o capacete para pensar nesse assunto.

Não sabíamos quem era a PesquisaMaligna e com quem estávamos lidando, mas aposto que eles também não sabiam quem éramos. A posição política de Mensah estava só no pacote informativo de segurança, guardado no SysSeg, e eles nunca tiveram acesso a isso. As investigações dos dois lados que se seguiriam se algo acontecesse conosco seriam minuciosas, e a empresa ficaria desesperada para procurar um culpado, e os beneficiários das apólices estariam desesperados para culpar a empresa. Nenhum dos grupos seria enganado pelo esquema das UniSegs insurgentes por muito tempo.

Enfim, não sabia como poderíamos usar isso, pelo menos por enquanto. Não me confortava saber que a empresa idiota vingaria os humanos se/quando todos eles fossem assassinados, assim como tinha bastante certeza de que não confortaria os humanos.

Assim, no meio da tarde do dia seguinte, eu me preparei para levar o ortóptero menor de volta ao perímetro da habitação para que, com sorte, recebesse informações dos drones. Eu queria ir sozinho, mas já que ninguém nunca me escuta, Mensah, Pin-Lee e Ratthi também iriam me acompanhar.

Naquela manhã, eu estava deprimido. Tentei assistir algumas séries novas na noite anterior e nem isso conseguiu me distrair; a realidade era intrusiva demais. Era difícil não pensar em como todas as coisas poderiam dar errado e como todo mundo ia morrer e eu ia ser explodido em pecinhas ou enfiariam outro módulo regulador dentro de mim.

Gurathin veio até mim enquanto eu estava fazendo todas as checagens pré-voo.

— Eu vou com você.

Era só o que me faltava. Terminei de fazer o diagnóstico nas baterias.

— Achei que você estava satisfeito.

Ele demorou um minuto para entender.

— Sim, foi o que eu disse ontem à noite.

— Eu me lembro de tudo o que você disse para mim.

Isso era mentira. Quem é que ia querer uma coisa dessas? Eu deleto a maioria das conversas da memória permanente.

Ele não respondeu. No feed, Mensah me informou que não precisava levá-lo se eu não quisesse, ou se achasse que isso seria um risco para a segurança do grupo. Eu sabia que Gurathin estava me testando de novo, mas se alguma coisa desse errado e ele morresse, eu não me importaria tanto quanto se acontecesse com um dos outros. Queria que Mensah, Ratthi e Pin-Lee não viessem; não queria arriscar nenhum deles. E em uma viagem longa, Ratthi talvez ficasse tentado a me fazer falar sobre meus sentimentos.

Disse para Mensah que tudo bem, e nos preparamos para a decolagem.

Fui em direção ao oeste por um bom tempo, para que a PesquisaMaligna não conseguisse precisar a localização dos humanos de acordo com meu percurso caso nos identificassem. Quando finalmente cheguei na posição de me aproximar da habitação, a luz já estava mais fraca. Quando chegássemos no destino, já estaria tudo escuro.

Os humanos não tinham conseguido dormir muito na noite anterior, tanto porque as cabines estavam cheias quanto pela forte possibilidade da morte iminente. Mensah, Ratthi e Pin-Lee estavam cansados demais para conversar e adormeceram rápido. Gurathin estava no assento do copiloto e não falou comigo a viagem inteira.

Estávamos voando em modo sigiloso, sem nenhuma luz ou transmissão. Eu estava conectado ao feed limitado do ortóptero menor para observar os sensores com cuidado. Gurathin podia acessar o feed através do implante — eu sentia que ele estava ali —, mas não o usara para nada além de monitorar nossa localização.

— Eu tenho uma pergunta — disse ele.

Eu me sobressaltei. O silêncio até aquele ponto tinha me deixado com uma falsa sensação de segurança.

Não olhei para ele, apesar de saber pelo feed que ele estava olhando para mim. Não fechara meu capacete; não estava a fim de me esconder dele. Depois de um instante, percebi que ele estava esperando pela minha permissão. Isso era novo e esquisito. Fiquei tentado a ignorá-lo, mas eu estava curioso para saber qual seria o teste dessa vez. Alguma coisa que ele não queria que os outros ouvissem?

— Pode perguntar — respondi.

— Eles puniram você pelas mortes da equipe de mineração?

Não era uma pergunta completamente surpreendente. Acho que todos queriam me perguntar sobre isso, mas talvez só ele fosse descarado o suficiente. Ou corajoso o suficiente. Uma coisa é dar uma cutucada em um robô-assassino com um módulo regulador; cutucar um robô-assassino rebelde é uma coisa completamente diferente.

— Não, não como você está pensando — respondi. — Não da forma como um ser humano seria punido. Eles me desligaram por um tempo, e então me ligavam de volta em intervalos.

Ele hesitou.

— Você não tinha consciência do que estava acontecendo?

Bom, esse seria o jeito mais fácil, não é?

— As partes orgânicas dormem na maior parte do tempo, mas nem sempre — expliquei. — Você sabe que alguma coisa está acontecendo. Estavam tentando apagar minha memória. Somos caros demais para destruir por completo.

Ele olhou pela janela outra vez. Estávamos sobrevoando as árvores em um voo baixo, e boa parte da minha atenção estava nos sensores do terreno. Senti a consciência de Mensah no feed. Ela deve ter acordado quando Gurathin começou a falar.

— Você não culpa os humanos pelo que foi forçado a fazer? Pelo que aconteceu com você? — perguntou ele, por fim.

Olha, é por essas e outras que eu fico feliz que não sou um humano. Eles inventam cada coisa.

— Não. Esse é um raciocínio humano. Construtos não são burros assim — respondi.

O que eu devia fazer, hein, matar todos os humanos porque aqueles que eram responsáveis pelos construtos na empresa eram cruéis? Tudo bem que eu gostava das pessoas imaginárias do canal de entretenimento bem mais do que eu gostava de pessoas de verdade, mas não dá para ter um sem o outro.

Os outros começaram a se remexer, acordando e se endireitando, e ele não perguntou mais nada.

Quando finalmente chegamos dentro do perímetro, a noite se mostrava sem nuvens, com o anel brilhando no céu como uma fita. Eu já diminuíra a velocidade, e estávamos lentamente passando por cima das árvores escassas que decoravam os morros nos contornos da planície onde ficava a habitação. Eu estava esperando que os drones tentassem contato, o que fariam se as coisas funcionassem e PesquisaMaligna não tivesse os encontrado.

Quando senti aquele primeiro toque cauteloso no meu feed, parei o ortóptero e então o pousei abaixo das copas das árvores. Aterrissei em um sopé, os pés do ortóptero se esticando para compensar o relevo. Os humanos estavam esperando, nervosos e impacientes, mas ninguém falou nada. Não dava para ver nada dali exceto o morro logo em frente e um monte de troncos de árvores.

Os três drones ainda estavam ativos. Respondi ao chamado, tentando manter minha transmissão o mais breve possível. Depois de um momento de tensão, os downloads iniciaram. Dava para ver pela marcação do tempo que, sem ninguém lá para instrui-los do contrário, tinham registrado tudo desde o momento que eu iniciara a tarefa até agora. Mesmo sabendo que a parte na qual estávamos interessados provavelmente estaria perto do começo, ainda era muita informação para avaliar. Eu não queria ficar ali tempo o bastante para eu mesmo analisar tudo, então joguei metade no feed de Gurathin. Mais uma vez ele ficou em silêncio, virando-se na cadeira para reclinar, fechar os olhos e começar a análise.

Verifiquei o drone posicionado na árvore primeiro, repassando o vídeo em alta velocidade até o instante em que tínhamos uma boa visão do veículo usado pela PesquisaMaligna.

Era um ortóptero grande, um modelo mais novo do que o nosso, mas sem nada que o distinguisse do padrão. Circulou a habitação algumas vezes, provavelmente fazendo varreduras, e por fim pousou no porto vazio.

Eles deveriam saber que não estávamos ali, sem nenhum veículo aéreo na área de pouso e nenhuma resposta no comunicador, então eles não se deram ao trabalho de fingir que estavam ali para pegar alguma ferramenta emprestada ou trocar amostras. Cinco UniSegs saíram do compartimento de carga, todas carregando as armas grandes de projéteis providenciadas para proteger os times de pesquisa em planetas com fauna perigosa, como esse daqui. Pelo padrão no peitoril da armadura, duas eram as unidades sobreviventes de DeltFall. Deviam ter sido colocadas em cubículos depois que escapamos da habitação de DeltFall.

As outras três eram da PesquisaMaligna, que tinha um logo quadrado e cinzento. Foquei nisso e mandei para os outros.

— GrayCris — Pin-Lee leu em voz alta.

— Já ouviram falar disso? — perguntou Ratthi, e os outros responderam que não.

Todas as cinco UniSegs deveriam estar com o módulo de combate crítico instalados. Começaram a andar na direção da habitação, e cinco humanos, anônimos em seus trajes de campo coloridos, desceram do ortóptero e as seguiram. Todos também estavam armados, com as pistolas que a empresa providenciava, e que supostamente só deveriam ser usadas em emergências relacionadas a fauna.

Dei o máximo de zoom nos humanos que a qualidade da imagem permitia. Passaram muito tempo fazendo varreduras e procurando armadilhas, o que me deixou feliz por não ter gastado meu tempo posicionando nenhuma. Porém, havia algo neles que me fazia pensar que eu não estava lidando com profissionais. Não eram soldados, como eu também não era. Suas UniSegs não eram unidades de combate, só segurança padrão alugada da empresa. Isso era um alívio. Ao menos eu não era o único que não sabia o que estava fazendo.

Por fim, os observei entrarem na habitação, deixando duas UniSegs do lado de fora para proteger o ortóptero. Marquei aquela seção, repassei para Mensah e os outros avaliarem, e então continuei assistindo.

De súbito, Gurathin se sentou e murmurou um xingamento em uma língua que eu não conhecia. Anotei para poder procurar no centro de idiomas do ortóptero maior depois. Prontamente esqueci disso quando ele falou:

— Temos um problema.

Pausei a minha parte dos registros dos drones e olhei para a seção que ele acabara de marcar. Era a gravação do drone escondido na habitação.

O vídeo era uma imagem borrada de uma estrutura de apoio curvada, mas o áudio era de uma voz humana.

— Vocês sabiam que estávamos vindo, então presumo que tenham uma forma de nos observar enquanto estamos aqui. — A voz falava o léxico padrão com um sotaque neutro. — Destruímos o seu sinalizador. Nos encontrem nessas coordenadas... — Aqui ela falou uma série de números de latitude e longitude que o ortóptero menor prestativamente mapeou para mim, junto da hora marcada. — ... nesse horário, e podemos fazer algum tipo de acordo. Isso não precisa acabar com violência. Ficamos felizes de pagar pelo silêncio de vocês, ou o que preferirem.

Não havia mais nada, só passos sumindo até a porta se fechar.

Gurathin, Pin-Lee e Ratthi começaram a falar ao mesmo tempo.

— Silêncio — disse Mensah. Eles calaram a boca. — UniSeg, sua opinião.

Felizmente, agora eu tinha uma. Até o momento em que conseguimos o download dos drones, minha opinião na maior parte era só *puta merda.*

— Eles não têm nada a perder — falei. — Se formos ao ponto de encontro, eles podem nos matar e parar de se preocupar com isso. Se não formos, eles têm até a data do fim do projeto para procurar por nós.

Gurathin agora estava analisando o vídeo do pouso.

— Outro indicativo de que não é a empresa — comentou ele. — Obviamente não querem ficar nos perseguindo até a data do fim do projeto.

— Eu falei que não era a empresa — rebati.

Mensah interrompeu Gurathin antes que ele pudesse responder.

— Eles acham que nós sabemos o motivo de eles estarem aqui, o motivo de eles estarem fazendo isso.

— Eles estão errados — disse Ratthi, frustrado.

Mensah franziu o cenho enquanto destrinchava o problema para os outros humanos.

— Mas por que eles acham isso? Deve ser porque sabem que nós fomos para uma das regiões que não foram mapeadas. Isso significa que os dados que coletamos lá devem nos dar uma resposta.

Pin-Lee assentiu.

— Então talvez os outros já saibam agora.

— Isso nos dá poder de negociação — disse Mensah, pensativa. — Mas o que podemos fazer com isso?

Foi aí que eu tive uma grande ideia.

7

ASSIM, NA HORA MARCADA, NO dia seguinte, Mensah e eu voamos até o ponto de encontro.

Gurathin e Pin-Lee tinham pegado um dos meus drones e o reconstruído com um sensor limitado anexado. (Limitado porque o drone era pequeno demais para a maioria dos componentes que um sensor maior e com maior amplitude precisaria.) Na noite anterior, eu o enviara para a atmosfera para nos dar uma visão do local.

O ponto de encontro era perto da base de pesquisa deles, que ficava a cerca de dois quilômetros de distância, com uma habitação similar à de DeltFall. Considerando o tamanho da habitação e o número de UniSegs, incluindo a que Mensah derrubara com uma broca de mineração, eles tinham por volta de 34 membros. Obviamente estavam muito confiantes, mas até aí, eles tiveram acesso ao nosso sistema e sabiam que estavam lidando com um pequeno grupo de cientistas e pesquisadores, e uma UniSeg de segunda-mão com programação zoada.

Eu só esperava que não percebessem o quanto minha programação era zoada.

Quando o ortóptero recebeu o primeiro sinal de contato do sensor, Mensah imediatamente ativou o comunicador.

— GrayCris, estejam cientes de que meu grupo obteve provas de suas atividades nesse planeta e as escondeu em diversos lugares, de onde poderão transmiti-las para a nave de transporte quando ela chegar. — Ela deixou que aquela fala fosse registrada por três segundos e depois acrescentou: — Vocês sabem que nós encontramos as seções faltantes do mapa.

Fez-se uma pausa longa. Eu estava diminuindo nossa velocidade, tentando rastrear armas disparadas na nossa direção, apesar de que havia uma boa chance de não terem acesso a nenhuma.

O canal do comunicador voltou à ativa, e uma voz falou:

— Podemos discutir nossa situação. Um acordo pode ser feito. — Tinha tantas varreduras e antivarreduras acontecendo que a voz era quase estática. Era sinistro. — Pousem o veículo e podemos prosseguir na discussão.

Mensah esperou um minuto, como se estivesse pensando no assunto, e então respondeu:

— Vou mandar nossa UniSeg ir falar com vocês.

Ela desligou o comunicador depois disso.

Quando nos aproximamos mais, pudemos ver a localização direito. Era um planalto baixo, cercado de árvores. A habitação deles estava visível a oeste. Já que as árvores rodeavam o local do acampamento, os domos e as áreas de pouso ficavam em plataformas grandes elevadas. A empresa exigia isso como segurança para quem quisesse estabelecer uma base que não fosse cercada por terreno aberto. Custava mais caro, e se não quisesse seguir a diretriz, custava ainda mais dinheiro para fechar o contrato. Era um dos motivos para que eu acreditasse que minha ótima ideia funcionaria.

Na área aberta do planalto estavam sete silhuetas, quatro UniSegs e três humanos em seus trajes ambientais de cores diferentes. Azul, verde e amarelo. Significava que uma UniSeg e provavelmente 27 ou mais humanos estavam dentro da habitação, se seguissem a regra de uma UniSeg alugada a cada dez humanos. Pousei o ortóptero abaixo do planalto, em uma rocha razoavelmente achatada, onde a visão era bloqueada por árvores e arbustos.

Deixei o console do piloto em modo de espera e olhei para Mensah. Ela apertou os lábios, como se quisesse me dizer alguma coisa e estivesse reprimindo aquela vontade. Por fim, ela assentiu.

— Boa sorte — disse ela.

Senti como se devesse falar algo para ela, mas não sabia o quê, então só fiquei encarando-a constrangido durante alguns segundos. Selei o capacete e saí do ortóptero o mais rápido que podia.

Caminhei entre as árvores, tentando escutar caso a quinta UniSeg estivesse escondida em algum lugar esperando por mim, mas não havia sons de movimento vindos da vegetação. Saí da cobertura e subi na borda rochosa do planalto, e então andei até o grupo, escutando o estalar do meu comunicador. Eles iam me deixar chegar perto, o que era um alívio. Odiaria estar errado sobre meu palpite. Eu ia ficar me sentindo um idiota.

Parei a alguns metros de distância e ativei o comunicador.

— Sou a UniSeg designada ao grupo de pesquisa PreservaçãoAux. Fui enviado para falar sobre um acordo.

Senti um pulsar naquele instante, uma rede de sinal que foi projetada para assumir o controle do meu módulo regulador e travá-lo, e então me travar. A ideia obviamente era me imobilizar e inserir o módulo de combate crítico outra vez na minha entrada de dados.

Foi por isso que precisaram marcar a reunião tão perto de sua habitação. Precisavam de equipamento para conseguir fazer isso, não era algo que podiam mandar através do canal.

Então foi bom meu módulo regulador não estar funcionando, porque tudo que senti foi um pouquinho de cócegas.

Um deles começou a andar na minha direção.

— Presumo que você vai tentar instalar outro módulo de combate crítico e me mandar de volta para matar todo mundo — falei. Abri os compartimentos e expandi as armas dos braços, e depois as guardei. — Não recomendo esse plano de ação.

As UniSegs entraram em estado de alerta. O humano que começara a andar na minha direção congelou e então se afastou. A linguagem corporal dos outros era aturdida e abalada. Dava para notar pela estática do comunicador que estavam falando uns com os outros em seu próprio sistema.

— Algum comentário? — perguntei.

Isso chamou a atenção deles. Ninguém me respondeu. Aquilo não era surpreendente. As únicas pessoas que já encontrei que de fato querem conversar com UniSegs são os esquisitões dos meus humanos.

— Tenho uma proposta alternativa para solucionar nossos problemas.

A pessoa que vestia o traje azul falou:

— Você tem uma solução?

A voz era a mesma que fizera a oferta na nossa sala. Também era cética, como dava para imaginar. Para eles, falar comigo era como falar com um ortóptero ou um equipamento de mineração.

— Vocês não foram os primeiros a hackear o SysCentral do PreservaçãoAux — falei.

Ela abrira o canal do comunicador para falar comigo, e eu ouvi um dos outros sussurrar:

— É um truque. Um dos outros pesquisadores está passando o que deve ser dito.

— Seus sensores devem informar que eu interrompi meu canal de comunicação — respondi. Nessa altura, eu precisava falar. Ainda assim era difícil, embora soubesse que eu não tinha escolha, embora fosse parte do meu próprio plano idiota. — Meu módulo regulador não funciona.

Com essa parte fora do caminho, fiquei feliz de voltar à mentirada.

— Eles não sabem disso. Eu sou receptivo a um acordo que beneficie vocês e a mim também.

— Estão dizendo a verdade sobre saberem o motivo de estarmos aqui? — perguntou a líder azul.

Aquilo ainda era irritante, apesar de saber que tínhamos bastante tempo para essa conversinha.

— Vocês usaram módulos de combate crítico para fazerem as UniSegs de DeltFall se comportarem como unidades insurgentes. Se você acha que uma UniSeg que se rebelou de verdade ainda precisa responder suas perguntas, os próximos minutos dessa conversa vão ser bem educativos para todo mundo.

A líder azul me expulsou do canal de comunicação deles. Fez-se um longo silêncio enquanto discutiam tudo. Então, ela se voltou para mim.

— Qual é o acordo? — perguntou ela.

— Posso dar informações que vocês precisam. Em troca, vocês me levam na nave de transporte com vocês, mas listado como equipamento destruído.

Isso significaria que ninguém da empresa estaria esperando meu retorno, e eu poderia escapar na confusão quando o transporte atracasse na estação de trânsito. Em teoria.

Mais hesitação. Acho que tinham que fingir que precisavam pensar no assunto, sei lá.

— Nós concordamos — disse a líder azul, por fim. — Se estiver mentindo, vamos destruir você.

Não era de verdade. Eles iam inserir um módulo crítico de combate em mim antes de saírem do planeta.

— Qual é a informação? — insistiu ela.

— Primeiro me retirem do inventário — falei. — Eu sei que vocês ainda têm uma conexão com a nossa habitação.

Líder Azul fez um gesto impaciente para Amarelo.

— Vamos precisar reiniciar o SysCentral deles — disse ele. — Vai demorar um tempinho.

— Inicie o processo, registre o comando, e então me mostre no seu feed. Aí eu dou a informação — retruquei.

Líder Azul me cortou do canal de comunicação e falou com Amarelo outra vez. A espera foi de três minutos, e aí o comunicador foi reconectado e eu tive acesso parcial ao feed deles. O comando estava na fila, apesar de que teriam tempo de deletar isso depois, claro. O ponto importante era que nosso SysCentral fora reativado, e que eu poderia fingir acreditar neles de forma convincente. Eu estava prestando atenção no tempo, e agora estávamos dentro da janela de oportunidade, então não precisava mais ficar enrolando.

— Já que destruíram o sinalizador dos meus clientes, eles mandaram um grupo para ativar manualmente o sinalizador de vocês — informei.

Mesmo com acesso limitado ao feed deles, dava para ver que aquilo os abalou. A linguagem corporal estava uma bagunça, desde confusão ao medo. Amarelo se movia incerto, Verde olhou para Líder Azul.

— Isso é impossível — disse ela, categórica.

— Um deles é um humano modificado, um engenheiro de sistemas. Ele pode acionar o sinalizador. Verifique os dados do nosso SysCentral. É o pesquisador dr. Gurathin.

Líder Azul demonstrava tensão desde os ombros até os pés. Ela realmente não queria que ninguém viesse até esse planeta até eles cuidarem do problema das testemunhas.

— Está mentindo — disse Verde.

— Não podemos arriscar — respondeu Amarelo, a voz deixando transparecer o pânico.

Líder Azul se virou para ele.

— Então isso é possível?

Amarelo hesitou.

— Não sei. Os sistemas da empresa são todos confidenciais, mas se eles têm um humano modificado que pode hackeá-los...

— Precisamos ir lá agora — disse Líder Azul. Ela se virou para mim. — UniSeg, diga para sua cliente sair do ortóptero e vir até aqui. Diga que chegamos a um acordo.

Ok, uau. Isso não fazia parte do plano. Era para eles irem embora sozinhos.

(Na noite passada, Gurathin disse que esse era um ponto fraco, e que o plano desmantelaria nesse momento. Fiquei irritado por ele estar certo.)

Eu não poderia abrir meu canal de comunicação com o ortóptero ou o feed do veículo sem que GrayCris soubesse. E ainda precisávamos que eles e as UniSegs saíssem de sua habitação.

— Ela sabe que vocês querem morte. Ela não vai vir — falei. Então, tive outra ideia brilhante e acrescentei: — Ela é a administradora planetária de um sistema de entidade política não corporativa, ela não é burra.

— Quê? Que entidade política? — Verde se sobressaltou.

— Por que vocês acham que o grupo se chama "Preservação"?

Dessa vez, eles não se deram ao trabalho de fechar o canal.

— Não podemos matar ela — disse Amarelo. — A investigação...

— Ele está certo — interrompeu Verde. — Podemos ficar com ela de refém e soltar depois do acordo de resolução.

— Isso não vai funcionar — rebateu Líder Azul. — Se ela estiver desaparecida, a investigação seria ainda mais minuciosa. Precisamos impedir o acionamento do sinalizador, e depois discutimos o que fazer.

Então, ela se virou para mim e disse:

— Vá buscar a líder. Tire ela do ortóptero e traga para cá.

Ela cortou o comunicador outra vez. Então, uma das UniSegs de DeltFall deu um passo em frente. Ela acionou de novo a comunicação para dizer:

— Essa Unidade vai ajudar.

Esperei que a Unidade me alcançasse, e então virei de costas e andei ao lado dela, descendo a encosta de pedras na direção das árvores.

O que eu fiz em seguida foi baseado na suposição de que ela dera uma ordem para a UniSeg de DeltFall me matar. Se eu estivesse errado, estávamos ferrados, e tanto Mensah quanto eu morreríamos e o plano de salvar o resto do grupo iria fracassar, e PreservaçãoAux estaria de volta à estaca zero, só que sem sua líder, sua UniSeg e o ortóptero menor.

Enquanto descíamos o barranco rochoso e andávamos na direção das árvores, os arbustos e galhos nos protegendo da visão na beirada do planalto, passei o braço em volta do pescoço da outra Unidade, ativei minha arma do braço e atirei na lateral do capacete onde ficava o canal de comunicação. Ela caiu de joelhos, virando a arma de projéteis na minha direção, as armas de energia desdobrando-se de dentro da armadura.

Com o módulo de combate crítico instalado, ela não tinha um feed e, sem o comunicador, não poderia gritar para pedir ajuda. E também, dependendo de quanto limitaram suas ações voluntárias, talvez nem conseguisse pedir ajuda a não ser que os humanos de GrayCris a mandassem fazer isso. Talvez fosse esse o caso, porque tudo que fez foi tentar me matar. Rolamos em cima de pedras e vegetação até eu arrancar a arma da mão dela. Depois disso, foi fácil terminar o serviço. Fisicamente falando.

Eu sei que falei que UniSegs não são sentimentais umas com as outras, mas eu queria que não tivesse sido uma das unidades de DeltFall. Estava lá dentro em algum lugar, presa na sua própria cabeça, talvez consciente, talvez não. Não que isso importasse. Nenhuma de nós nunca teve escolha.

Eu me ergui na mesma hora em que Mensah atravessou a vegetação, carregando a ferramenta de mineração.

— Deu tudo errado — informei a ela. — Você vai precisar fingir ser minha prisioneira.

Ela olhou para mim, e então encarou a unidade de DeltFall.

— E como é que você vai explicar isso aqui?

Comecei a descartar minha armadura, cada pedaço que tinha o logo do PreservaçãoAux, e me debrucei sobre a unidade de DeltFall enquanto os pedaços eram jogados no chão.

— Eu vou ser ela, e ela vai ser eu.

Mensah largou a ferramenta e se abaixou para me ajudar. Não tínhamos tempo de trocar toda a armadura. Rapidamente, substituímos as peças do braço e dos ombros dos dois lados, os pedaços da perna que tinham o código de inventário da armadura, o pedaço do peito e das costas com os logos. Mensah espalhou lama, sangue e fluidos da unidade morta no resto da minha armadura para que ninguém de GrayCris notasse qualquer coisa que me distinguisse. UniSegs são todas idênticas em altura, proporção e na forma como nos mexemos. Aquilo poderia funcionar. Sei lá. Se fugíssemos agora, o plano iria fracassar, e nós precisávamos que eles saíssem desse planalto. Selei o capacete, e disse para Mensah:

— Precisamos ir...

Ela assentiu, a respiração ofegante, mais por nervosismo do que por exaustão.

— Estou pronta.

Segurei o braço dela e fingi arrastá-la de volta na direção do grupo GrayCris. Ela gritou e se debateu de forma convincente o caminho todo.

Quando chegamos ao planalto, o ortóptero de GrayCris já estava pousando.

Eu a arrastei na direção de Líder Azul, mas mesmo assim foi Mensah que falou primeiro.

— Então é esse o acordo que você ofereceu?

— Você é a administradora planetária da Preservação? — perguntou a Líder Azul.

Mensah não olhou para mim. Se tentassem machucá-la, eu tentaria impedi-los, e tudo daria muito errado. Porém, Verde já estava subindo no ortóptero. Dois outros humanos estavam sentados no assento de piloto e copiloto.

— Sim — respondeu Mensah.

Amarelo caminhou na minha direção e tocou a lateral do meu capacete. Precisei de um esforço tremendo para não arrancar o braço dele e gostaria de deixar isso registrado, por favor.

— O comunicador dela se desligou — disse ele.

Para Mensah, a Líder Azul falou:

— Sabemos que alguém do seu grupo está tentando acionar nosso sinalizador manualmente. Se vier conosco, não vamos machucar você, e então podemos discutir a nossa situação. Isso não precisa acabar mal para nenhum de nós.

Ela era muito convincente. Provavelmente foi ela quem falou com DeltFall no comunicador, pedindo para entrar na habitação.

Mensah hesitou, e eu sabia que ela não queria que parecesse que ela estava desistindo rápido demais, mas nós precisávamos que eles saíssem de lá naquele instante.

— Tudo bem — concordou ela.

Fazia um tempo que eu não viajava no compartimento de carga. Teria sido reconfortante e acolhedor, exceto que não era o meu compartimento de carga.

Porém, esse ortóptero ainda era um produto da empresa e eu podia acessar o feed. Eu precisava fazer isso de forma muito discreta para impedir que me notassem, mas todas aquelas horas que passei consumindo mídias clandestinamente serviram para alguma coisa.

O SysSeg deles ainda estava gravando tudo. Provavelmente pretendiam deletar todas as informações antes do veículo de transporte aparecer. Grupos de clientes já tentaram fazer isso antes, esconder dados da empresa para que não pudessem ser vendidos para terceiros, e os analistas de sistemas da empresa estariam preparados, mas não sei se esse pessoal sabia disso. A empresa poderia pegá-los mesmo se não sobrevivêssemos. Não era um pensamento muito reconfortante.

Enquanto eu acessava a gravação contínua, eu escutei Mensah dizer:

— ... sabemos sobre os vestígios nas áreas fora do mapa. Eram fortes o bastante para confundir a ferramenta de mapeamento. Foi assim que encontraram?

Bharadwaj tinha sacado isso ontem à noite. Os setores não mapeados não eram parte de um bug intencional, eram só um erro, causado por vestígios enterrados sob terra e pedras. Esse planeta fora habitado em algum ponto do passado, o que significava que seria interditado, e seria aberto apenas para pesquisas arqueológicas. Até mesmo a empresa seguradora seguia essa regra.

Dava para ganhar muito dinheiro ilegalmente ao escavar e minerar esses vestígios, e obviamente era o que GrayCris queria fazer.

— Essa não é a conversa que precisamos ter — disse Líder Azul. — Quero saber que tipo de acordo podemos fazer.

— Para impedir que você mate todos nós como fez com o time de DeltFall — disse Mensah, a voz comedida. — Assim que estivermos em contato com nosso lar outra vez, podemos arranjar uma transferência de fundos. Mas como podemos confiar que vocês vão nos deixar viver?

Fez-se um silêncio. Ah, que ótimo, eles também não sabiam.

— Você não tem outra opção a não ser confiar em nós — disse a Líder Azul.

Nossa velocidade já diminuía, preparando para a aterrisagem. Nenhum alerta aparecera no feed e comecei a me sentir cautelosamente otimista. Havíamos limpado a área para Pin-Lee e Gurathin o máximo que conseguimos. Eles precisariam infiltrar o perímetro sem que a última UniSeg notasse e se aproximar o bastante para conseguir acesso ao feed do SysCentral de GrayCris. (Com sorte, era a última UniSeg; com sorte, não havia mais uma dúzia delas na habitação de GrayCris.) Gurathin descobrira como usar o hack no nosso sistema para conseguir acesso ao SysCentral deles, mas precisava estar perto o bastante da habitação para conseguir acionar o sinalizador. Era por isso que precisávamos tirar as outras UniSegs de lá. Enfim, a ideia era essa. Possivelmente teria funcionado sem colocar Mensah em perigo, mas agora era tarde demais para ficar se arrependendo das nossas escolhas.

Foi um alívio quando pousamos com um baque que deve ter feito os dentes dos humanos baterem. Saí do compartimento de carga com as outras unidades.

Estávamos a alguns quilômetros da habitação deles, em uma pedra grande acima do terreno da floresta, com muitas aves e outros tipos de fauna gritando nas árvores, abalados pelo pouso atribulado do ortóptero. Nuvens haviam aparecido, ameaçando chuva e escondendo a visão do anel. O sinalizador estava em um tripé de acionamento a uns dez metros de distância, e ops, aquilo era perto demais.

Eu me juntei às outras três UniSegs e fizemos uma formação padrão de segurança. Uma série de drones foi despachada do veículo para criar um perímetro. Não olhei para os humanos enquanto desciam a rampa. Queria muito olhar para Mensah em busca de instruções. Se eu estivesse sozinho, poderia correr até o final do planalto, mas eu precisava tirá-la dali.

Líder Azul deu um passo à frente junto com Verde; os outros se juntaram em um formato vago de círculo atrás dela, como se tivessem medo de ficar na frente. Um deles, que deveria estar recebendo relatórios das UniSegs e drones, disse:

— Nem sinal de ninguém.

Líder Azul não respondeu, mas duas UniSegs de GrayCris deram uma corridinha até o sinalizador.

Ok, o problema é que, como mencionei antes, a empresa é muquirana. Quando se trata de um equipamento como um sinalizador, que só precisa ser acionado em caso de emergência, para mandar uma transmissão através de um buraco de minhoca e aí nunca mais ser recuperado, eles são extremamente muquiranas. Sinalizadores não têm nenhuma segurança e usam os veículos de acionamento mais baratos possíveis. Existe um motivo para eles serem instalados longe da habitação e serem acionados de uma distância segura. Supostamente, Mensah e eu deveríamos distrair o grupo GrayCris e suas UniSegs enquanto isso aqui estava acontecendo, fazê-los sair da habitação e não sermos torrados quando o sinalizador fosse acionado.

Com o atraso causado por Líder Azul ter decidido que precisavam pegar Mensah, o tempo estava ficando curto. As duas outras UniSegs estavam andando em círculos em volta do tripé do sinalizador, procurando indício de alguma alteração, e eu não aguentei mais. Comecei a andar na direção de Mensah.

Amarelo notou o que eu estava fazendo. Ele deve ter dito algo para Líder Azul no canal, porque ela se virou para me encarar.

Quando a última UniSeg de DeltFall se virou na minha direção e abriu fogo, soube que eles finalmente se tocaram. Mergulhei e rolei para o lado, pegando minha arma de projéteis. Estava recebendo tiros por toda minha armadura, mas estava acertando a outra UniSeg. Mensah se jogou do outro lado do ortóptero e senti um baque sacudir todo o planalto. Era o propulsor primário do sinalizador, saindo do invólucro e caindo no fundo do tripé, pronto para ser acionado. As outras duas UniSegs pararam, a surpresa de Líder Azul congelando-as no lugar.

Saí correndo, recebendo um tiro em uma junta fraca da armadura que passava pela coxa, e segui firme. Consegui chegar do outro lado do ortóptero e vi Mensah. Eu a agarrei e me joguei do outro lado da pedra, virando-me para cair de costas, passando um braço pelo capacete do traje dela para proteger sua cabeça no impacto. Nós caímos pelas pedras e batemos nas árvores, e então o fogo inundou o planalto e derrubou minha...

UNIDADE OFF-LINE

Ai, essa doeu. Estava deitado em uma ravina, com pedras e árvores acima. Mensah estava sentada ao meu lado, segurando um braço que parecia que não funcionava mais, e o traje dela estava coberto de rasgos e manchas.

Ela sussurrou algo para alguém no comunicador.

— Cuidado, se notarem vocês nos sensores...

— É por isso que precisamos ir rápido — disse Gurathin, que de repente estava em cima de nós. Percebi que eu devia ter apagado de novo.

Gurathin e Pin-Lee estavam a pé, tinham caminhado até a habitação de GrayCris aproveitando a cobertura da floresta. Era para termos buscado os dois no ortóptero menor se aquela merda não tivesse rolado. O que rolou, mas só parcialmente, então show.

Pin-Lee se inclinou sobre mim.

— Essa unidade está com funcionalidade mínima e é recomendado que vocês a descartem — falei.

É uma reação automática engatilhada por uma falha catastrófica. E também eu não queria que eles tentassem me tirar dali, porque já estava doendo muito do jeito que estava.

— Seu contrato permite que... — continuei.

— Cale a boca — interrompeu Mensah. — Cale a boca, caralho. Não vamos largar você.

Minha visão sumiu outra vez. Eu meio que ainda estava lá, mas dava para perceber que eu estava praticamente à beira de um colapso total de sistemas. Tinha vislumbres entre ligado e desligado. O interior do ortóptero menor, meus humanos conversando, Arada segurando minha mão.

Depois, o ortóptero maior, se erguendo no ar. Dava para saber pelo barulho do propulsor e das coisas piscando no feed que o transporte de resgate estava puxando-o para entrar a bordo.

Aquilo era um alívio. Significava que todos estavam seguros, e eu apaguei.

8

VOLTEI A FICAR CONSCIENTE EM um cubículo, com o odor acre familiar e o zumbido dos sistemas enquanto me consertavam. Então, percebi que não estava no cubículo da habitação. Era um modelo mais antigo, uma instalação permanente.

Estava de volta na estação da empresa.

E humanos sabiam do meu módulo regulador.

Dei uma cutucada hesitante nele. Ainda estava inativo. Minha memória ainda estava lotada de mídias também. Hum.

Quando o cubículo se abriu, Ratthi estava parado ali. Estava usando roupas civis no padrão da estação, mas com uma jaqueta cinza macia que continha o logo de pesquisa do PreservaçãoAux. Ele parecia feliz, e bem mais limpo do que da última vez que o vi.

— Boas notícias! — declarou ele. — A dra. Mensah comprou seu contrato permanentemente! Você vem para casa com a gente!

Aquilo foi uma surpresa.

Fui terminar o processamento, ainda aturdido. Parecia o tipo de coisa que aconteceria em uma série, então continuei fazendo diagnósticos e verificando os vários canais disponíveis para me certificar de que eu não estava no cubículo ainda, alucinando. O canal de notícias locais estava passando uma reportagem sobre DeltFall, GrayCris e a investigação. Se eu estivesse alucinando, acho que a empresa não teria conseguido sair dessa bagunça toda como a heroína que resgatou o PreservaçãoAux.

Eu esperava uma película epidérmica e armadura, mas as unidades da estação que nos ajudavam a sair do processamento quando sofríamos feridas catastróficas me deram o uniforme cinza da PreservaçãoAux em vez disso. Eu o vesti, me sentindo estranho, enquanto as unidades da estação ficaram ali perto me observando. Não somos camaradas nem nada, mas geralmente elas repassam notícias ou coisas do tipo — o que aconteceu enquanto você estava desligada, quais seriam os próximos contratos. Eu me perguntei se elas estavam se sentindo tão esquisitas quanto eu. Às vezes UniSegs eram compradas em lotes, com seus cubículos, por outras empresas. Ninguém voltava de uma viagem de pesquisa e decidia que queria ficar com sua unidade.

Quando saí, Ratthi ainda estava lá. Ele agarrou meu braço e me arrastou por alguns técnicos humanos e dois níveis de portas de segurança e finalmente chegamos na área de exibição. Era ali que as unidades de aluguel ficavam dispostas, e era mais bonito do que o resto do centro de mobilização porque tinha carpetes e sofás. Pin-Lee estava parada no meio da sala, vestindo um terno de negócios elegante. Parecia ser alguém de uma das séries que eu gostava de assistir. A advogada durona, porém benevolente, que vinha nos resgatar de uma acusação injusta. Dois humanos com roupas da empresa estavam parados ali como se quisessem discutir com ela, mas ela os ignorava, casualmente brincando com um chip de dados em uma das mãos.

Um deles notou que eu e Ratthi nos aproximávamos.

— Mais uma vez, preciso dizer que isso é altamente irregular — disse ele. — Deletar a memória da unidade antes de mudar de proprietário não é só a norma, é o que é melhor para o...

— Eu repito, tenho uma ordem judicial — disse Pin-Lee, agarrando meu outro braço, e então os dois me levaram para fora.

Nunca vira as partes humanas da estação antes. Descemos por um aro central de diversos níveis, passamos por blocos de escritórios e shoppings, lotados com todos os tipos de pessoa, todos os tipos de robô, com telas digitais piscando por todo o lado, uma centena de feeds públicos diferentes roçando na minha consciência. Parecia um lugar saído do canal de entretenimento, mas maior, mais colorido e mais barulhento. O cheiro também era bom.

A coisa que mais me surpreendeu foi que ninguém ficou nos encarando. Ninguém nem olhou duas vezes para nós. O uniforme, as calças, a camiseta de manga comprida e a jaqueta cobriam todas as minhas partes inorgânicas. Se notaram a entrada de dados na nuca, devem ter pensado que eu era algum humano modificado. Nós éramos apenas três pessoas, descendo pelo aro. Então me ocorreu que eu era tão anônimo em uma multidão de humanos que não se conheciam quanto era quando estava usando a armadura, no meio de um grupo de UniSegs.

Quando viramos em um bloco de hotéis, deparei com um feed público oferecendo informações sobre a estação. Salvei um mapa e uma série de horários de turno enquanto passávamos pelas portas e entrávamos no saguão.

O saguão tinha árvores em vasos se curvando por cima de uma fonte esculpida em vidro. Era de verdade, não um holograma. Fiquei olhando para ela e quase não vi os repórteres até estarem bem na nossa frente. Eram humanos modificados, acompanhados de drones com câmeras. Um tentou impedir a passagem de Pin-Lee, meu instinto assumiu e eu o afastei dela.

Ele pareceu surpreso, mas eu fora gentil para ele não cair no chão.

— Sem perguntas — disse Pin-Lee, que empurrou Ratthi para dentro da cápsula de transporte do hotel, agarrou meu braço e me empurrou para entrar junto com ela.

A cápsula nos levou em uma volta comprida e nos deixou na sala de um quarto grande. Entrei atrás de Pin-Lee, Ratthi veio por último enquanto falava com alguém no comunicador. Era tão chique quanto os hotéis que apareciam nas mídias, com tapetes, móveis e janelas grandes que tinham vista para o jardim e as esculturas do saguão principal. Exceto que os quartos eram menores. Acho que os das séries são maiores para facilitar os ângulos das câmeras dos drones.

Meus clientes — ex-clientes? Novos donos? — estavam ali, só que todo mundo parecia diferente em suas roupas normais.

A dra. Mensah deu um passo para a frente, erguendo o olhar para mim.

— Você está bem?

— Sim.

Eu tinha imagens claras da minha câmera de campo de Mensah machucada, mas todos os seus danos haviam sido consertados também. Ela estava diferente, usando roupas de negócios como as de Pin-Lee.

— Não entendo o que está acontecendo — falei.

Aquilo era estressante. Eu conseguia sentir o feed de entretenimento ali, o mesmo que eu conseguia acessar da zona de processamento de unidades, e era muito difícil não me afundar nele.

— Eu comprei o seu contrato — disse ela. — Você vai voltar para Preservação conosco. Lá, vai ser um agente livre.

— Eu estou fora do inventário — falei. Fui informado disso, e talvez fosse verdade. Tive o ímpeto de tremer descontroladamente, e não entendia o motivo. — Ainda posso ter uma armadura?

Era a armadura que informava às pessoas que eu era uma UniSeg. Só que eu não era mais Seg nada, eu era só Unidade.

Os outros ficaram em silêncio.

— Nós podemos arranjar uma, caso você ache que vá ser necessário — disse ela, a voz calma e estável.

Eu não sabia se eu achava necessário ou não.

— Eu não tenho um cubículo.

— Você não vai precisar de um — assegurou-me ela. — As pessoas não vão atirar em você. Se você se machucar, ou suas partes sofrerem danos, vai poder ser reparado em um centro médico.

— Se ninguém vai atirar em mim, o que eu vou fazer?

Talvez eu pudesse ser o guarda-costas dela.

— Acho que vai poder aprender a fazer o que você quiser — disse ela, sorrindo. — Vamos falar sobre isso quando estivermos em casa.

Arada entrou na sala, e então veio até onde eu estava e deu um tapinha no meu ombro.

— Estamos muito felizes por você estar aqui com a gente — disse ela, e virou-se para Mensah. — Os representantes de DeltFall chegaram.

Mensah assentiu.

— Preciso ir falar com eles — informou. — Pode ficar à vontade aqui. Se precisar de alguma coisa, é só falar.

Eu me sentei em um canto afastado e fiquei observando enquanto pessoas diferentes entravam e saíam da suíte para falar sobre o que tinha acontecido. Na maior parte eram advogados. Da empresa, de DeltFall, de pelo menos três outras entidades políticas corporativas e uma independente, e até mesmo da empresa matriz de GrayCris. Eles fizeram perguntas, discutiram, olharam registros de segurança e mostraram registros de segurança para Mensah e Pin-Lee. E olharam para mim. Gurathin também ficou me olhando, mas não disse nada. Eu me perguntei se ele dissera para Mensah não me comprar.

Fiquei assistindo ao canal de entretenimento por um tempo para me acalmar, e então puxei tudo que encontrei sobre a Aliança de Preservação da central de informações da estação. Ninguém iria atirar em mim porque ninguém atirava em ninguém lá. Mensah não precisava de um guarda-costas, ninguém lá precisava. Parecia um ótimo lugar para se viver se você fosse um humano ou humano modificado.

Ratthi veio ver se estava tudo bem comigo, e eu pedi para ele me contar sobre Preservação e como Mensah vivia lá. Ele disse que, quando não estava fazendo seu trabalho administrativo, ela morava em uma fazenda fora da capital, com dois parceiros matrimoniais, além de uma irmã, um irmão e os três parceiros matrimoniais deles, e mais um monte de parentes e crianças de quem Ratthi já perdera a conta. Ele foi chamado para responder perguntas de um advogado, e isso me deu tempo para pensar.

Eu não sabia o que faria em uma fazenda. Limpar a casa? Parecia bem mais entediante do que cuidar da segurança. Talvez as coisas dessem certo. Supostamente, era isso que eu deveria querer. Isso era tudo que todas as coisas já me disseram que deveria querer.

Deveria querer.

Eu precisaria fingir ser um humano modificado, e isso seria um porre. Eu precisaria mudar, me obrigar a fazer coisas que eu não queria fazer. Como falar com humanos como se eu fosse um deles. Precisaria deixar a armadura para trás.

Só que talvez eu não precisasse mais dela.

Em certa altura, as coisas se acalmaram, e eles pediram o jantar. Mensah veio e falou um pouco mais comigo sobre Preservação, quais seriam minhas opções lá, como ficaria com ela até saber o que eu queria fazer. Foi mais ou menos o que já tinha imaginado com base no que Ratthi me dissera.

— Você seria minha guardiã — falei.

— Sim — confirmou ela, feliz que estivesse compreendendo. — Existem muitas oportunidades educativas lá. Você pode fazer o que quiser.

Guardiã era uma palavra melhor do que dona.

Esperei até o meio de um turno de descanso, quando estavam todos ou dormindo ou focados nos próprios feeds, trabalhando em suas análises ou materiais de estudo. Eu me levantei do sofá e segui para o corredor, e então saí pela porta.

Usei a cápsula de transporte para voltar para o saguão, e então saí do hotel. Eu baixara o mapa mais cedo, então sabia como sair do aro e ir na direção das zonas de trabalho das docas inferiores. Estava vestindo o uniforme do time de pesquisa e me fingindo de humano modificado, então ninguém me impediu ou sequer piscou para mim.

Ao fim da zona de trabalho, passei pelas barracas dos trabalhadores das docas, e então fui até o estoque de equipamentos. Além de ferramentas, os trabalhadores humanos tinham depósitos ali. Abri um armário de posses pessoais de um humano e roubei botas de trabalho, uma jaqueta protetora e uma máscara de ambiente com os acessórios. Peguei uma mochila de outro armário, enrolei a jaqueta com o logo da pesquisa e a enfiei na mochila, agora eu parecia ser um humano modificado que ia viajar para algum lugar. Saí das zonas de trabalho e desci pelo corredor central até a zona de embarque da estação, apenas um entre centenas de viajantes que seguiam para o aro das naves.

Verifiquei o feed de cronogramas e vi que uma das naves que estava prestes a partir era um transporte de carga dirigido por um robô. Eu me pluguei ao acesso dele através da trava da estação e o cumprimentei. Ele poderia ter me ignorado, mas estava entediado, então me cumprimentou de volta e abriu seu feed para eu acessar. Robôs que são naves não falam em palavras. Empurrei na direção dele o pensamento de que eu era um robô-servente feliz que precisava de carona para se encontrar com seu amado guardião, e por acaso será que ele gostaria de companhia em sua longa viagem? Eu mostrei ao robô quantas horas de séries, livros e outras mídias eu tinha salvado para compartilhar.

Aparentemente, robôs de transporte de carga também assistem aos canais de entretenimento.

Eu não sei o que quero. Eu disse isso em certa altura, eu acho. Só que não é só isso: na verdade não quero que ninguém me diga o que eu quero, ou que tome decisões por mim.

Foi por isso que deixei você, dra. Mensah, minha humana favorita. Quando finalmente receber essa mensagem, já estarei saindo da Orla da Corporação. Fora do inventário e fora de vista.

Fim da mensagem do Robô-assassino.

TIPOGRAFIA: Rufina - texto
Uni Sans - entretítulos
PAPEL: Ivory Slim 65 g/m² - miolo
Cartão Supremo 250 g/m² - capa

IMPRESSÃO: Rettec Artes Gráficas e Editora
Junho/2024

1ª EDIÇÃO: Abril de 2024
[1 reimpressão]